金星古典情趣・叢書 2-1

《閱微草堂筆記》精選故事集

（白話文）

全新修訂版

金星出版社 http://www.venusco555.com
E-mail: fatevenus@yahoo.com.tw

金星出版

編者序

《閱微草堂筆記》這本一直是我夜間入睡前，床頭最喜歡的讀物之一。現在正是將這些我喜愛的故事，再重述一遍給我心愛的讀者們，這種快樂豈是旁人所能瞭解的？故事中所述及的鬼、狐、魈、魅無一不是深具靈性（人性）。有的能詩作文，熟讀孔孟。有的調皮搗蛋、捉狹鬧鬼。無論這些妖呀、怪呀、如何鬧？但是老夫子的正直剛凜總治得了它！

其實在這些故事裡，闡述了一個理念：真正的鬼，是存在人們的心中。心中有鬼，就真有鬼！心中無鬼，何懼之有？很多鬼都是人自己做出來的。某些人心地鄙陋醜惡，甚至連鬼都不如，如何來笑鬼呢？鬼的真實定義，就是我們的祖先，是一些逝去的人。開天闢地至今，逝去的人如恆河之沙，疊摞起來也有幾個宇宙之多了，因為幽冥異路，所以古人都是敬鬼神而遠之的。

紀曉嵐以自己旁徵曲引的方式，記錄下人與鬼的溝通、交集時所發生的故事，用寓言和短評把故事交待得意趣橫生。也點出了一個儒者，雖然所記述的都是詭奇異聞，但也發揮了醇正勸戒、誨淫導慾的功能。

在這本《『閱微草堂筆記』白話文故事集》中，因為要適用於國、高中學生的課外讀物，我們也稍做取捨。有一些與現代觀念有出入的、所謂不合時宜的故事、或是談經論據典、剝析儒家思想觀念，或是談論文學詞牌而缺乏故事性的部份，我們都予以割捨了。我們也害怕枯燥的文字，會影響了讀者看故事的趣味性。

另一方面，在這本書中也展現了紀曉嵐可愛的一面。他把每一故事的出處，一定標明是某某人所講述的。這個方式在古代資訊不發達的年代，或許很具有公信力與真實感。但是在現今以科學為憑的時代裡，看來他這種「屬實的記錄」並不見得有多大功能，因為我們到今天為止，也沒見過幻化成人形的狐仙啊！

雖然如此，這本書中的故事的奇異弔詭、詼諧有趣，和寓言式的含意，仍是在在吸引著我們，讀完之後，回憶無窮！

古典情趣叢書01

『閱微草堂筆記』精選故事集(修訂版)

目　錄

001
老學究

有一個老學究在夜晚外出，忽然遇到已故的亡友。老學究素來個性剛直，也不害怕，就問他說：

『你要往哪裡去啊？』

亡友說：『我現在是陰間的官吏，要到南村去找亡魂，和你剛好同路。』

兩人就同行，到一破屋時，這個鬼就說道：

『這是文士的房子！』

『你怎麼知道呢？』老學究問。

鬼說：『凡人都是白天營營生生，忙碌非常，靈性都沒有了！只有睡覺的時候才不生雜念，元氣清朗，心中所讀的書，字字都吐露出光芒來，自身竅放射出來。那個樣子像煙霧飄渺，燦爛奪目！』

『學問如孔孟，文章如屈原、班固等人的，光芒有數丈之高。再其次的，有數尺之高。有等級的差別。最下等的，如一盞燭燈一般的微弱光芒，照在門戶和窗戶上，人是看不見的，只有鬼神才看得見！』

『這間房子上的光芒有七、八尺高，所以我知道他是個文人學士了！』

老學究於是就問：『我讀了一輩子的書，到底我睡覺的時候，光芒有多高呢？』

鬼畏畏縮縮的不敢講。很久才說：『昨晚我經過你的學塾的時候，你剛剛在睡午覺。我看見你心中只有講章一部，卷子五、六百篇，經文七、八十篇，字字都化為黑煙，籠罩在屋頂上。你學生朗讀詩書的聲音，如同在濃煙密雲之中，實在並未看到任何光芒。我不敢亂講！』

老學究生氣的怒罵他。這個鬼大笑著離開了。

註一：此段取自「灤陽消夏錄（一）」

002 僧人幻術

有一個僧人常在交河蘇吏部次郎家遊玩，精於幻術，出奇制勝。聽說他與呂道士是同門拜師的。

他常常用泥做成豬形，一唸咒可使豬漸漸蠕動。再唸咒會使豬發出叫聲。再唸一次咒，可使牠跳躍起來。

僧人叫廚房將豬殺了煮好，供客人享用。味道不太好，吃完時，客人都作嘔！吐出來的都是泥漿。

有一個讀書人，因為下雨的關係留在交河。

夜晚時私下找僧人說：『太平廣記裡曾記載，術士會唸咒在瓦片上，拿著它可使牆壁裂開，可以潛入到別人家裡去，大師的法術可以做得到嗎？』

僧人說：『這個不難！』就拿了一大片瓦片，對之唸了很久的咒語，然後對讀書人說：『拿了這片瓦片就可以去了。但是不能開口說話！否則幻術就會敗露了！』

讀書人馬上去試，牆壁果然裂開了！他到了一個素來很欽慕的女子家裡。

那女子正準備就寢。讀書人為守戒律不敢說話。他逕自關了房門與女子親熱，那女子也很順從。

睡了一會兒，他忽然張開眼一看，發覺竟然是躺在自己妻子的眠床上！

剛要與妻子相互猜疑責問，僧人來敲門了，對他數落說：

『呂道士因一念之差，已經遭雷劈死！你更連累我了！所以用這個小把戲來戲弄你！慶幸的是尚無傷到你的德行。以後不要再生此念了吧！』

僧人又嘆息的說：『因為此念，上天司命之官已經紀錄了，雖然沒有什麼大罪，恐怕日後官祿之途有妨礙了！』

這個讀書人果然士途蹭蹬，死於貧寒。

註一：此段出自「灤陽消夏錄（一）」

003 鬼路條

我在烏魯木齊作官的時候，軍中的官吏常準備了文件數十張，捧著墨筆請我宣判。他們說：

『凡是作客死在此地的人，其棺木要回原籍安葬者，照例要給文件。否則其魂魄無法入關。這個文件是來往冥間的通行證之故。』

此文件通常不用紅筆，其上加之的印鑑。也是用黑色的。看其文字，非常荒誕！

文件上寫著：給照事，照得某處的某某人，年歲多少？某年某月某日在某地病故。今親屬搬柩回鄉，合行給照。以此牌照給沿路把守關隘的鬼卒，把魂魄驗實放行，不得勒索滯留。

我說：『這是胥吏雜役假借要賺錢的把戲！』於是稟告將軍把此慣例廢除。

十天之後，有人告訴我說，城西墓場中有鬼哭的聲音，說是沒有文件不能回鄉。我斥罵其『胡說！』

又十天之後，有人告訴我說鬼哭的聲音已經靠近城門了。我又像以前一樣的罵他。

又過了十天，我所居住的牆外有鬼哭聲，我以為是胥吏雜役在作怪。

又過了幾天，哭聲已到了我的窗外。

當時，月明如晝，我起來巡視，實在沒有一個人！

同事御史觀成對我說：『你所持的道理都很正，雖然將軍不能反駁，然而鬼哭實在是大家都聽見的！得不到通行執照的人實在很冤枉！你何不再試給一次若是鬼哭依然，那你不是更有說詞了嗎？』

我勉強聽從其建議。奇怪的是，那一夜就非常安靜，再也沒有鬼哭了！

註一：此段出自「灤陽消夏錄（一）」

004 雅狐

我的外祖父張雪峰先生家裡，牡丹花盛開，妖嬈鮮豔，十分美麗。

張家的家奴，名叫李桂的，夜間突然看見有兩個女子憑欄而立，觀賞牡丹花。

其中有一人說：『今天的月色真好！』

另一個則說：『這個地方很少有牡丹花。只有佟氏園和這裡有幾株而已！』

李桂心裡知道一個這二人是狐！於是丟擲瓦片扔她們。她們就突然不見了。

一會兒，突然園中的磚石就亂飛了起來，打得窗戶都破了。

外祖父雪峰先生聽到了回報，就親自去看。

他向園中拱拱手說：

『賞花本是美事！在月中漫步亦屬雅人！何必與小人來計較呢？真是煞風景呀！』

語畢，亂石不再飛舞，一切都恢復了平靜。外祖父雪峰先生感嘆的說：『此狐不俗！』

註一：此段出自「如是我聞（二）」

005 奇門遁甲

宋清遠先生告訴我，曾經探訪一個友人，友人留他住宿一晚，並且告訴他說：『夜晚的月色非常美麗，還可以看一齣戲！』

友人去取了十多個凳子，排放在院子裡。到了晚上就與清遠先生秉燭夜飲。

到了二更天時分，就看見有一個人越牆而入，在院中轉來轉去。每遇一個凳子，努力很久，才能爬過。

開始時順著向前行，彎曲環繞著走。接著又倒回來走。又彎彎曲曲一路走一路爬凳子。

最後終於疲倦已極的倒在地上。這時天色已露曙光了。

友人過去將此人帶入廳堂裡來，責問他為何而來？

那人伏在地上叩頭說：『我實在是一個小偷。進入宅中之後，只見一層一層的短牆。我一個接一個的翻，愈翻愈翻不完！想要退出去，回過頭往回路翻短牆，又是翻不完！終於疲累不支，而被你們擒獲，生死就由你們決定吧！』

友人聽說之後，突然就放他走了！

友人告訴清遠先生說：『昨天我預卜今晚有這個小偷會來，所以施以小戲法戲弄他！』

清遠先生問友人：『這是什麼法術呢？』

友人答說：『這就是奇門遁甲。別人學了，恐怕會亂用，以致招禍事。你的個性很端正謹慎，如果願意學，我可以教你！』

清遠先生道謝並回絕了他的好意。

友人嘆惜說：『願意學的人，不可以傳給他！可以傳的人又不願意學！這個奇門遁甲要成為絕學了呀！』

友人意態悵然，若有所失的送走清遠先生。

註一：此段出自「如是我聞（二）」

006 愛現鬼

曹竹虛先生說，他的同族兄長到揚州去，途中經過友人家去拜訪。

當時是盛夏，相請到書房去坐。書房裡很涼爽，天晚的時候，曹先生欲留宿在書房裡。

友人說：『這裡有鬼魅！夜晚不可以住人。』

族兄曹先生不管，強留下來。

半夜時，有東西自門縫裡蠕蠕蠢動，伸了進來，薄如一片紙一般，進了屋內以後，漸漸展開，化作一個人的形狀。是一個女子的樣子。

族兄曹先生也不害怕。

忽然！這個女子臉上披著長髮，吐著舌頭作吊死鬼的樣子嚇他！

曹先生笑著說：『也是頭髮！但是稍為亂了些，也是舌頭，但是稍為長了些！有什麼可怕的？』

那鬼忽然自己摘下了腦袋，放在桌案上。

曹先生又笑著說：『有頭尚且不可怕了，何況沒有頭？』

這個鬼有些技窮，就一下子不見了。

曹先生在歸途中又住了一晚這間書房。

半夜時，門縫裡又蠕蠕蠢動，露出了頭。

曹先生吐它唾沫說：『又是這個敗興之物！』

那鬼竟不敢再進房了。

註一：此段出自「灤陽消夏錄（一）」

007 戲儒

肅寧地方有一個私塾老師講授程朱之學。

有一天，有一個周遊四方的僧人在塾外乞食。他敲著木魚，自清晨七、八點開始，到中午午飯時刻還不肯停止休息。

私塾老師很厭煩的說：『出去把他罵走！並且還對他說：

『你本來屬於異端，愚民或許會受你的蠱惑，這裡都是聖賢之輩，你何必妄想我們會幫你！』

僧人施禮然後說：『佛弟子去募衣和化緣吃食，就如同儒學者去求富貴一樣。其目的本來是一樣的，先生你何必說這種話？』

塾師發怒了，拿起教鞭要打他。

僧人拍拍衣裳站起來說：『太惡作劇了！』遂留下一個布囊在地上而離開了。

大家都想：這僧人一定會回來取布囊的。竟然到了天黑都不見其回來。眾人在布囊外探試，布囊裡好像裝著散碎的零錢。弟子們欲伸手到布囊中摸錢。

塾師說：『等久一點，他不回來，大家再來分！然而要數清楚，不准大家爭！』於是又等了很久。

後來打開布囊時，忽然有許多蜜蜂從布囊中衝出，撲螫在老師學生身上，師生的面目都腫了起來，哭嚎呼救，非常淒慘。

鄰人都圍過來驚訝的問著。

僧人突然出現，排開眾人說：『聖賢之輩也會謀奪人家的財產呀？』

他提起布囊逕自走了。臨出私塾，僧人合掌對塾師說：『異端的人偶而觸犯了聖賢之士，請勿見怪！』

旁邊聽到的人都笑了。

註一：此段出自「灤陽消夏錄（二）」

註二：此段為族叔楘庵所說。楘庵先生說：『此事是我親眼目擊的。如果先放許多蜜蜂在囊裡，必有蠕動之現象，由囊外應可看見。師生當時並未看見有蠕動，所以說，這應該是與幻術接近的手法。』

008 扶乩問壽

某公在明朝時為諫官，曾扶乩問自己的陽壽有多少。仙判示下為某年某月某日會死。計算時間距離當時已不遠了。他的心中悒鬱不歡，到了那個時間卻依然無恙安好。後來他在清朝，官至九列的高官。

有一天，適逢同僚家在扶乩，他也前去湊熱鬧。前次的仙人又臨降下來，這位仁兄以前次所判無驗（不靈）責問祂。

接著仙人又示下判文說：『君不死！我奈何？』

此公仰天大笑，突然又作沉思狀，就不動了，原來命已歸西。

仙判上判的正是當日：甲申年三十月十九日。

註一：此段出自「灤陽消夏錄（二）」

註二：此為按察宋蒙言先生所說的。

009 鱗　怪

有一個烏魯木齊流放之人的兒子，名叫方桂的。他說：有一次在山中牧馬，有一匹馬突然速度很快的一躍而起跑走了，他就尋著蹤跡去找。

隔著崇山峻嶺聽見馬叫的嘶聲很淒厲。依著聲音尋覓到一幽谷，忽然看見幾個像人又像獸的東西，身上都是鱗甲，斑剝的如同古松樹一般，頭髮蓬蓬的像羽毛。他們的眼睛突出，是純白色，像兩個雞蛋崁在那兒。他們正按著馬，生啃馬身上的肉。

放牧的人身上多帶著槍銃自衛。方桂個性頑皮，就爬上樹去放槍打他們。怪物就逃到深邃的林子中去了。他再檢視馬兒，馬身已有一半被吃掉了。

以後也再沒見過這種怪物，不知道是什麼東西？

註一：此段出自於「灤陽消夏錄（二）」

010 一善延三世

景城西郊有荒塚數座，年代久遠都快平了。小時候經過此地，老僕人施祥總是指著荒塚說：

『這是周某家的，因為有一善而延至有三世的子孫！』

這是明朝崇禎末年時的事了。山東、河南大旱災，蝗虫遍野，草根樹皮都吃光了，就以「人」為糧食。官吏也沒法禁止，婦女孩童都被賣到市場上，稱之「菜人」。屠夫將他們買去，如殺豬宰羊一般的殺來賣。

周氏的祖先，自東昌經商歸來，經過市場，正巧中午剛過，屠夫說：『肉已賣完了！請稍待一會兒。』忽見有人拖著兩個女子進入廚房。

屠夫對裡面叫著：『客人等久了！先取一個蹄子上來！』

周氏祖先急忙上前阻止，只聽得一聲慘叫，一個女子已活生生的斷了右臂，在地上打滾。另一個女子驚怕的面無人色，直打哆嗦。

地上的女子看見周先生，頻頻哀叫，請求快快讓她死去。另一個女子就向周先生呼救。周先生動了惻隱之心，就出錢將她們贖了。

周先生對快死的那個女子，為免其痛苦，急急的刺其心臟，讓其快死。活的那個就帶回家了。

周先生因無子，而將帶回的女子納為妾。竟然生出一個男孩！男孩的右臂有紅色細絲纏繞，自腋下繞肩胛而過，跟斷臂女的一般。

周氏後人傳了三世而絕嗣。

世人都說，周氏本無子嗣，此三代是因其祖先作了一件善事而延伸出來的。

註一：此段出自於「灤陽消夏錄（二）」

011 試場遇鬼

先父姚安公說：雍正時庚戌年會試的時候，他與雄縣的湯孝廉同號舍參加考試。

湯孝廉在夜半醒來，忽然看見一個披著長髮的女鬼，將他的卷子撕得爛碎，紙屑像蛺蝶一般在空中飛舞。

湯孝廉向來個性剛直，也不害怕，坐起來問他：

『前生的事，我是不知道，今生我則從未害過人，妳為什麼胡來？』

鬼驚鄂的站立著，半晌，她問：『你不是四十七號嗎？』

湯孝廉答說：『我是四十九號，前面有兩個空的號舍，妳沒有算進去！』

鬼跟他相互對望了很久，鬼才道歉離去了。

不一會兒，聽到四十七號發出喧嚎的聲音，說某生中了邪死了。

鬼有時也是昏憒的，湯孝廉可說是無妄之災。還好心中無愧，可以放膽責問她。所幸只被撕了一張考試卷子，否則小命也會不保了！

乾隆己卯年，我任山西鄉試的主考官。其中有兩份卷子都被選中了。一個是定為四十八名的，在填草榜的時候，一同主考的考官呂令灩，誤將其卷子收在自己的衣箱裡，怎麼找都找不到。

另一個定為五十三名的，在填草榜時，突然陰風慘慘，吹滅了蠟燭好幾次，卷子也找不到了，最後只好換其他人的卷子代替。

放榜後，拆閱彌封來檢視，發覺丟卷子的是范學敷，滅燭的是李騰蛟二人。

我們心中頗為懷疑這兩個學生有陰譴（有傷陰德被鬼懲罰）。

然而到了庚辰年鄉試的時候，二生都中了，范學敷仍是四十八名，李騰蛟於辛丑年成為進士。所以我們知道凡事自有天命，科名之事早一年也不可得。求得到的，必是命中應該有的。

註一：此二則出自「灤陽消夏錄（二）」

012 戲衣

景城南方有一個破寺，周圍都沒有人居住，只有一個僧人帶著兩個弟子管香火。長相都蠢蠢的像鄉下傭僕一般，見人也不知禮儀，但是卻詭詐的很！

僧人師徒暗地裡用松脂做成粉末。夜間以紙卷點火撒在空中，一時燄光四射。有人看見了，上前去問他們發生了什麼事？師徒幾人都裝著關著門酣睡的模樣，推說不知道，未嘗看見這些奇景。

師徒三個人又暗地裡買了演戲用的佛衣，裝作菩薩羅漢的樣子。在月夜的時分，站立在屋脊上，或藏在寺門前的樹下，若隱若現的。

鄉里中的人有看見的，就前去詢問，師徒都不承認看見此事。有人舉出所見之日的，僧人師徒就合掌說：

『佛在西天，到這個破落寺廟為何呢？官方正在禁白蓮教，我與你無仇！你何必造謠害我？』

久而久之，鄉人更相信佛祖在此顯靈了。布施日漸多了起來，然而寺廟卻日趨頹廢，僧人師徒也不肯修理一片一瓦。

鄉下人喜歡蜚短流長，常說此事很怪異，傳來傳去，迷惑眾人就更有藉口了。因此僧人師徒累積十餘年就漸漸致富了。

有一天，忽然有一個盜賊光顧僧人師徒的屋子，將師徒幾人都打死，並將其財物都搬光了。當官方檢查師徒幾人所留下的箱囊篋盒時，只看到了松脂戲衣之類的東西，這才知道僧人師徒的奸詐。

此事是明朝崇禎末年的事了。

註一：此段出自於「灤陽消夏錄（三）」

013 畫荷

在乾隆丁亥年春天，我攜家眷到京師。因虎坊橋的舊宅未贖回，暫居錢香樹先生的空宅房中。

他們告訴我，樓上有狐仙居住，但鎖著雜物，人是不輕意上樓的。

我戲黏一首詩在樓上的牆壁上。

詩曰：『草草移家偶遇君，一樓上下且平分；耽詩自是書生癖，徹夜吟哦莫厭聞！』

一天，婢女開鎖取物的時候，急呼怪事！我走過去看，則見地板灰塵上，畫滿了荷花，莖葉亭亭玉立，頗有筆致。

所以我將紙筆放在桌几之上，又黏一首詩在牆壁上。

詩云：『仙人果是好樓居，文采風流我不知；新得吳箋三十幅，可能一一畫芙蕖。』

又過了數日，去開門觀看，竟沒有舉筆畫畫。

我將此事告訴了裘文達公，他笑著說：『錢香樹家裡的狐狸，應該是比較文雅的！』

註一：此段出自於「灤陽消夏錄（三）」

014
嚇鬼

我弟弟的乳母滿媼，有一個女兒名叫荔姐，嫁在鄰近村莊。一天，荔姐忽然聽到母親生病了，等不及夫婿同行，就倉惶趕回去探病。

當時已近夜間，下弦月不很亮。她回頭看見一人在後追得很急，想是要對自己加以強暴。在曠野之地，呼救無門。於是她就藏在古墳旁的白楊樹下，把珥環簪子藏在懷中，解下腰帶繫在頸上，披著頭髮，吐著舌頭，瞪大了眼睛，直視前方。等到那人近了反而招呼他坐。臉靠近時，對方知道她是吊死鬼，驚嚇得爬不起來！荔姐自己也狂奔回來。

等荔姐入了門，全家看到她的樣子都很驚駭！慢慢向她問原由。

她一面發怒，一面大笑，精神不太穩定。

第二天，外面傳說某家的少年遇到鬼中了邪，說鬼到今天仍跟著他。

那少年發了狂，後來醫藥符籙皆無效，竟然終生都瘋癲了！

這可能因為恐怖之餘，邪魅惡鬼趁機附身的緣故吧！以此為輕狂少年的借鏡。

註一：此段出自於「灤陽消夏錄（三）」

015 夙冤

光陸公說：李太學的妻子常常凌虐其妾室，沒有一日不命其脫下衣服，加以鞭打的。

鄰里中有一老婆子能入陰間冥府，就是所稱叫作『走無常』的。她常常規勸李太學的妻子說：

『娘子與這個妾有夙冤，然而只應償還二百鞭。今天妳的妒心太重，鞭打的鞭數超過了十倍，又欠她的債了！況且在官家的法律裡，也不使婦人脫衣。娘子妳一定要使其裸露來侮辱她，自己太痛快，會使鬼神共憤的！娘子妳與我交情好，我偷看了陰間的生死簿，不敢不告訴妳！』

李太學的妻子氣憤的說『死婆子！胡言亂語！一定是想讓我花錢消災吧！』

後來遘王輔臣之變，亂黨四起，李太學死於兵亂。其妾室為副將韓公所得，很喜愛她的聰明靈慧，專房寵愛。韓公沒有正室，家政就交由妾室操持。

李太學的妻子被賊兵搶走，賊兵戰敗被俘，賊兵的女人又分賞給將士。李太學的妻子恰歸韓公所得。

這時，這個妾室就將李太學的妻子蓄養為奴婢。叫她跪在廳堂裡，對她說：『妳要是能受我的指揮，每天早晨，先跪在粧台前，自己脫下衣服，趴在地上挨五鞭子，然後去做雜役，來代替妳的命！否則，妳曾為賊人之妻，是殺無赦的！而且要把妳的肉，一寸一寸的割下來餵狗！』

李太學的妻子怕死，而失去了志節，頻頻叩頭願意遵從。

然而妾室不願意讓她很快的死掉，鞭打得讓她知道痛罷了，並不太過狠毒。

一年多以後，李太學的妻子以其他的病亡故。計算其所受的鞭數，大致與以前妾室所受的鞭數相當。

這件事韓公也不諱言，而且當作因果報應之說告訴別人，所以很多人都知道這件事。

註一：此段出自於「灤陽消夏錄（二）」

註二：光陸公為紀曉嵐之曾伯祖，康熙初年，官至鎮番守備。

016 假狐仙

有一個賣花的老太婆說：京師裡有一棟宅院，周圍是空曠的園圃，園圃中住著許多狐仙。

有一個長得很標緻的少婦，在晚上時越牆和鄰家的少年勾搭。少婦害怕自己的事被人知道，起初對少年假報自己的姓名，等到兩人相好日久，想對方不會嫌棄自己了，就冒認自己是園圃中的狐仙，少年愛其美色也不拒絕。久而久之，兩人常在園圃中夜間約會。

有一天，忽然少婦家的屋頂上有人丟擲瓦片，接著大罵說：『我居住在園圃中很久了，小孩子遊戲拋磚石，會驚動到鄰里是常有的事！但是從沒做過放蕩不羈，迷惑別人的事！妳為什麼污蔑我？』少婦的醜事於是洩露了。真絕！只有狐媚會假借冒充別人！而這個少婦卻冒充狐仙，可見還不如狐的貞潔了！

註一：此段出自於「灤陽消夏錄（三）」

017 假鬼申冤

唐執玉先生在作制府的官的時候，曾查勘一個殺人案件。當時已經定案了。

有一天夜裡，唐先生秉燭坐在廳堂裡。忽然聽到微弱的哭泣聲，似乎漸漸接近窗戶了，就命小婢去看看，小婢突然嚇得跌倒在地，唐先生就自己去打開門簾觀看。

只見有一鬼在血泊中跪在台階下。唐先生厲聲喝斥他！鬼則頻頻磕著頭對他說：『殺我的是乙，縣官誤判為甲。此仇不能雪，我死不瞑目！請先生明鑒！』

唐先生說：『我知道了！』鬼就走了。

第二天，唐先生提訊犯人，眾犯所供呈的衣服鞋子與鬼當時所穿的都相合，他更堅信鬼所說的話了，於是改為審問乙，判乙有罪。以前審案的官員向唐先生百般辯駁，認為此案仍是甲所犯，應該維持原判。

唐先生的師爺懷疑有其他的緣故，才會使唐先生另判他人。所以私下向唐先生問原因。這時唐先生才講了這個遇鬼的事情。

一天夜裡，師爺來見唐先生，問他：『鬼是從哪裡來的？』

唐先生說：『從台階下來的！』

又問：『鬼怎麼走的？』

唐先生說：『忽的一聲越牆而去！』

師爺說：『凡是鬼都是有樣子而無實體，因此他應該是隱去，不該是翻牆而去才對！』

於是兩人就在鬼翻牆的地方尋找有什麼蛛絲馬跡，雖然瓦片都沒裂，但是剛下過雨，在數間房子的屋頂上，都隱隱約約有泥土的痕跡，直到外牆直下。

師爺指給唐先生看，說：

『此事必是囚犯買通賊人所做的！』

唐執玉先生至此才恍然大悟，於是又翻回原案定讞。並且隱誨這件事不敢讓人知道了！

註一：此段出自於「灤陽消夏錄（三）」

018 借屍還魂(一)

少司寇王蘭泉曾說過一個真實的故事。他說中丞胡文伯的弟媳婦，死了一日又醒了過來，居然與家裡的人都不認識了，也不容許其夫婿靠近。

家人細問原故之下，才知道原來是陳家的女兒借屍還魂。問她居住的地方，與胡家僅僅相隔了數十里之遙。於是傳呼她的親人來看。她與陳家的親人都相認得很清楚。

這個女子不肯待在胡家，胡文伯的弟弟就拿鏡子給她照，她看見鏡中的自己和以前都不一樣了，無奈中只好與胡文伯的弟弟結為夫婦了。

此事與明史中的五行志，司牡丹的事蹟相同。當時為官的判斷此案是以其外貌為主來認人，而不管其魂魄是誰。這是因為形貌有根據，魂魄沒有憑據的緣故。若是照魂魄所說的來認定他是何人，恐會被惡人利用生事，此為防犯未然的呀！

註一：此段出自於「灤陽消夏錄（四）」

019 延　壽

有一個叫做陳四的農夫，夏日夜晚在守瓜田，遠遠的看見了隱約的幾條人影，懷疑有人要偷瓜，遂裝睡偷聽他們說些什麼？

有一人說：『不知道陳四睡著了沒有？』

又一人說：『陳四不過再等數天就會來跟我們再一起了，有什麼可怕的？昨天我已經到土地公廟，看見城隍老爺的公文了。

另一人說：『你不知道呀？陳四已經被延壽了！』

大家就問為什麼？

此人答說：『某一家丟了二千文錢，有一個婢女被鞭打了數百下都不承認。婢女的父親也憤憤的對她說：「生你這樣的女兒，倒不如沒有的好！倘若是你偷的錢，我一定要勒死妳！」婢女說：「不承認要死！承認也要死！」就呼天搶地的大哭了起來。』

『陳四的母親可憐婢女，暗自典當衣物，拿了二千文錢，捧著還給主人說：「是我這個昏憒的老太婆，一時見財起異偷了錢。以為主人錢多，未必一下子算得出來，不料連累這個婢女了。內心感到惶恐內疚，錢還沒用，只有冒死來自首，免得結了世冤！老婆子我也沒臉再待在這裡了，請您辭退我吧！」』

『婢女因此得於幸免。土地公嘉獎陳四的母親自污人格以救他人，於是上呈城隍老爺，城隍又上呈東嶽司掌命運之官。當命官檢視這個老婦的命運時，發覺這個老婦應該是老年喪子，最後凍餓而死的。但是以這件功德，又改判陳四借來生的壽命用在今世來奉養他的母親，此事是你們昨天外出不知道罷了！』

陳四本來暗自懷恨母親偷盜錢財，被主人逐出，丟人現眼。到此時才心中釋然。

後來又過了九年，陳四的母親死了。在辦完喪事的那天，陳四也無疾而終了。

註一：此段出自於「灤陽消夏錄（四）」

020 狐屋

乾隆丙子年，有一個福建來的學子，想要赴京趕考。年底時抵達京城，倉猝之間找不到棲息之所，於是先到農壇北邊的破寺中，屈就一個老屋子。

過了十餘天，有一天半夜時，窗外突然有人說話：『先生你請醒醒！我有一句話要說：我住在這個屋子裡已經很久了。起初以為先生是讀書人，數千里路來辛苦的求功名，對你尊敬，所以奉讓你住在這裡。後來看到先生每日都外出，又以為你是初到京師，自當尋親訪友，也不覺奇怪！』

『最近常見先生酒醉回來，心中起疑。剛剛聽到先生與僧人談話，才知道你是在酒樓看戲，原來先生是個浪蕩子！』

『我整天躲避在佛座之後，出入都不方便，實在不能再忍讓你一個浪蕩子了！先生你明天若不還走？我已經將瓦片石頭都準備好了……』

僧人在對面的房中也聽到這些話了，就對學子說：『最好還走！』以後再也沒發生過這樣的狀況。若是有人來問這間老屋子要住的，僧人就舉出此事告訴他以免麻煩。

註一：此段出自於「灤陽消夏錄（四）」

021 白日見鬼

郎中德亨，夏天在烏魯木齊城外散步，走到秀野亭乘涼時，坐得久一點。

忽然聽到有很大的聲音傳來，說：『先生可以回去了！我要宴客！』

德郎中嚇得狼狽的跑回來，告訴我說：『我快要死了嗎？居然白日見鬼了耶！』

我回說：『無故見鬼，自然不是好事！但是到了鬼窟見鬼，就好像到人家家裡看見了人一樣，有什麼好奇怪的呢？』

那個秀野亭，在城西深邃的林子裡，抬頭不見陽光，有罪的人伏法了，或是周遊的亡魂都在這裡，常常會作怪的，不足為奇了。

註一：此段出自於「灤陽消夏錄（四）」

022 虎峰書院

在烏魯木齊的虎峰書院，以前有犯婦在窗戶上吊死。

當前巴縣的縣官陳執禮先生作書院院長時，有一夜，他點著蠟燭正在看書，聽見窗內的窗檯上有窸窸嗦嗦的聲音。抬頭一看，有兩根女子的纖足，自窗紙縫中徐徐的垂了下來，漸漸露到膝蓋，漸漸到屁股了……

陳先生知道有吊死鬼這件事，厲聲說：『妳是以姦情敗露，羞憤而死的，為什麼要降禍給我呢？我不是妳的仇家，為什麼要媚惑我呢？我一輩子不尋花問柳，妳也不能迷惑我！妳敢下來我就用教鞭打妳！』

這個鬼就慢慢的把雙足收上去了。微微聽到她的歎息聲。一會兒，鬼又從窗紙縫中露臉往下偷看，臉蛋長得還不錯！陳先生抬頭對她吐唾沫，說：『死了都不知恥』鬼就嚇得退走了。

陳先生遂滅了蠟燭就寢，一方面藏著刀，等她回來時防犯。以後鬼也沒再來。

第二天，陳題橋先生來訪時，曾談到此事。窗檯上又曾發出撕裂布帛的聲音，以後也沒再見。

然而，陳先生的僕人，睡在陳先生臥室外的一間，夜間一直說夢話，久而久之病重了，快要死時，陳先生想到這個僕人跟隨自己到兩萬里外的地方來做事，哭得很悲慟。僕人卻揮揮手說：

『有一個美好的女子私下跟我要好，今天要招我為夫婿，我這一去是喜不是悲呀！』

陳先生頓足遺憾的說：『我自恃有膽子，不移居他處，沒想到卻害了你。太過份了！這都是我剛直忿懣壞了事！』

後來同年中，六安的楊逢源先生代理書院院長一職，避居別的地方，他說：『孟子曰：不立乎巖牆之下。』

註一：此段出自於「灤陽消夏錄（四）」

023 無賴遇鬼

王禿子幼年就無父母，也不知道本姓，生長在姑母家，冒充姓王。他的個性兇狠狡詐，是個無賴。所到之處，孩童皆走避不急，常常鬧得雞犬不寧。

一天，他與其他作惡的黨徒，自高川夜裡醉酒回來，經過南橫子墳場之間，被許多鬼擋住了，其他的黨徒都嚇得發抖趴在地上，王禿子獨自奮力與鬼打鬥。

一個鬼大聲罵說：『王禿子！你不孝！我是你的父親呀！你也敢打？』

王禿子沒見過父親，在疑惑之間，又有一鬼罵說：

『我也是你的父親呀！你敢不拜我？』

群鬼又一齊大叫：『王禿子不祭祀你的母親，以致她受了饑餓，流落在此地，為我們眾人的妻子。我們都是你的父親呀！』

王禿子很憤怒，左揮右打的，雙手在空中奮力舞動，所打的地方像是打在空氣裡一樣，又跳又叫的到天明，最後沒有力氣了，就趴在樹叢裡。

一群鬼都笑他：『王禿子的英雄氣概這下子完了！今天我們是為鄉里吐個怨氣，你若還不知悔改，他日還會在此地等你！』

王禿子精疲力竭，也不敢再說話了。天亮後鬼都散了，其他黨徒將他抬回去，自此以後，豪氣盡消。有一夜，他帶著妻子悄悄的離開了那個地方，不知以後如何？

這種瑣屑的事雖然微不足道，然而兇悍暴戾的人，必會遇到有人能剋制他。

人若做不到，鬼神也會看不慣而剋制他的。

註一：此段出自於「灤陽消夏錄（四）」

024
夢見轉世

孫峨山先生曾臥病在高郵的船上，恍忽間像是散步到岸上。微風舒爽，突然有人在前領路，當時精恍忽，所以也沒多問，就跟著走了。

一會兒到了一戶人家，門前路徑都非常美麗整潔。直接就進入內房，看見一個少婦坐在褥子上，自己欲退避出來，他的背後卻被人拍了一掌，然後就失去知覺了。

等醒來時，他發覺自己的身體已經縮小了，包在一個錦緞的襁褓中，變成一個嬰兒了！他心裡知道，自己已經轉世了，也無可奈何。想要開口說話，則覺得有寒氣自腦門侵入，使他說不出話來。

他環視屋內，桌几床榻和器具古玩，以及牆上的對聯、書畫，都記在心裡。

過了三天，女婢將他這個小嬰兒抱去洗澡。突然失手，將他摔在地上。他又昏了過去，沒有了知覺。

再醒來時，自己仍睡臥在船中，家人告訴他：『你已氣絕三日，但是四肢仍柔軟，心窩還溫熱，所以不敢入殮！』

孫先生就命人取紙筆來，寫下自己夢中的見聞，派遣僕人由某路送至某戶人家，並告訴他們不要過份鞭打婢僕，以後再慢慢告訴他們原因。

孫先生的病很快就痊癒了。立刻前往夢中去過的那一家，看見女婢、老媽子都像舊識一般。主人老而無子，與孫先生相對惋歎，覺得此事非常怪異而已。

此事與寫《近夢通政》的鑑溪先生一樣。鑑溪先生也記得其道路與門牌，前往尋訪，果然是當日兒子生下來就死了。鑑溪先生說的與孫先生說的大同小異。

輪迴之說為儒家所不談的，但是實際上則往往有之，前因後果，自有道理。只是這二人暫時入了輪迴，又轉回本世，而出現了這種泡影似的現象，則是讓常人無法推理的。

註一：此段出自於「灤陽消夏錄（一）」

註二：此為宋蒙言先生所說的。

025 風　穴

唐太宗三歲聖教序裡，稱風災鬼難之域，似乎就是指的是吐魯番。

其地遍佈沙礫，在那裡獨自行走的人，常常會聽到有人呼喚自己的名字，只要一答應，就被迷途在沙漠中回不來了。

又傳聞在南山有一個風穴。像井一般大，風不時的從井中吹出，風每次吹出時，在數千里之外的地方，都可以聽到波濤洶湧的聲音。再等一、兩刻鐘的時間，風就颳到當地了。颶風的直徑所經過的地方，差不多三、四里之大。人可以快走急行去躲避，若躲不及，則將車子用很粗的繩子連結起來。但是還是會吹得震動的，像是在大江中，突遇急流高浪的船一般。

若是只有一輛車獨行時遇到了颶風，不管是人馬或貴重的東西，都會像一片葉子般的，飄揚到不知名的地方去。這種颶風都是自南方向北方吹，再過數日，又自北方向南方吹。就像人的呼吸，一呼一吸的樣子。

有一天，昌吉通判報告說：某一天的午時，有一人自天降下。此人正是特納格爾的遣犯徐吉，是被風吹來的。

不久特納格爾的縣官報告說：徐吉那一日逃走了！計算其逃走的時間，自早上九點正至中午十一點，已飛騰了二百餘里路。這在回疆是不奇怪的，若在他地則成為異聞了。

徐吉曾告訴我們說：『被風吹的時候，像是作夢一樣，自己的身體像車輪般的旋轉，眼睛打不開，耳朵聽到的是萬鼓亂鳴的聲音，鼻嘴都被封住了，無法出氣，努力很久才能呼吸一次！』

註一：此段出自於「灤陽消夏錄（三）」

026 附身雪冤

乾隆庚午年時，官庫中的玉器被盜，勘查過官庫中內外所有的地方，都無所獲。後來管苑戶的常明在對簿公堂時，忽然聲音變了，變作一個小孩的聲音說：

『玉器不是真的被竊，人卻真的是被殺掉了！我就是那個被殺的亡魂！』

問案的官員大為驚駭，就將此事移送到刑部去審。

我的父親姚安公，當時為江蘇司郎中，於是和余文儀等官一同審問囚犯常明。

鬼魂又附在常明的身上說：『我的名字叫二格，十四歲，家住在海碇，父親叫李星望。去年上元節時，常明帶我一起去看燈。夜晚回家時調戲我，我奮力抵抗，而且說，回去時要告訴我的父親。常明就用衣帶勒死我，埋在河岸下面。父親懷疑常明藏匿我，到巡城官去控告，將常明送到刑部去審。後以沒有證據，說是要另外緝拿真兇。』

『我的魂魄常常跟著常明走，但總是距離四、五尺，就覺得像火燄般的熾熱，不能靠近。後來熱度稍為減小，漸漸可靠近二、三尺，又漸漸可靠近一尺左右，昨天都不覺得熱了，才可附在他的身上。』

鬼魂又說：『最初審訊時，鬼魂也跟隨到刑部過。』問他是哪裡的刑部？鬼答是「廣西司」。我們依據魂魄所說的年月日，果然找到舊案。

再問鬼魂，他的屍體在何處？說是在河岸第幾棵柳樹旁，我們派人去挖掘也找到了。屍體還未壞，叫他的雙親來辨視屍體，他的父親痛哭著說：『真是我的兒子呀！』

這事雖然虛幻，而證據和驗證都是真的。我們在訊問的時候，叫常明的名字，則常明像是突然從夢中醒來一般，用常明的聲音說話。叫二格的名字，那個常明又像昏昏喝醉酒了一般用二格的聲音說話。兩個聲音相互辯論了四次。常明才伏罪。

二格父子在堂上絮話家常，每一事皆分明，一點沒有可疑之處。我們就將此事實向上報。判伏下來之日，鬼魂非常高興。二格家本是做賣糕的生意。忽然聽到大喊「賣糕！」一聲，二格的父親哭著說：『很久都沒再聽到這個聲音了！就像他活著的時候一樣呀！我的兒呀！你要到哪裡去呢？』

鬼魂說：『我也不知道？我走了！』

自此時再問他，常明也不會再說出二格的話了。

註一：此段出自於「灤陽消夏錄（二）」

027 借狐說

董曲江先生遊京師的時候，與一友同住，為了省宿食費之故。友人喜攀附富貴，多留宿在外。曲江先生獨睡在書齋之中，夜裡常聽到翻動書籍或玩弄器物古玩的聲音。他心裡知道，京師裡是有許多狐仙的，也不覺得奇怪了。

有一夜，他把未完成的書稿放在桌上，夜裡聽到吟哦的聲音。問他又不答腔，等到天亮時查看，詩稿上已有數句被圈點過了。雖然多次呼叫他，也沒有回應。

等到朋友回來，那一夜，竟然寂靜無聲。友人頗為詫異，自以為有祿相，有作高官的氣勢，所以邪靈不敢造次。

偶然的，有李慶子先生來借宿。酒與闌珊之後，曲江先生和友人都入睡了。

李先生於月下在空曠的花圃中散步。忽然看見一個老頭帶著一個小孩站在樹下。他心裡知道是狐仙，遂躲藏起來偷看他們。

小孩說：『好冷！回房去吧！』

老頭子搖搖頭說：『和董先生同房固然不可靠，然而這個朋友更是俗氣逼人！那裡可以共處呢？我寧可坐在冷月淒風裡也不回去呀！』

李慶子後來將此事洩露給其他的朋友，漸漸被這個朋友聽到了，就心中含恨李慶子的話很刺骨，最後李被其排擠，狼狽的逃回家去了。

註一：此段出自於「灤陽消夏錄（四）」

028 戲髑髏

佃戶張天錫，以前在田野中看到一個髑髏，就玩笑的尿在其中，髑髏突然跳起來說：『人和鬼不同路，你為什麼欺侮我？而且我是一個婦人，你這個男子卻無禮的欺侮我，更是不可以！』

髑髏愈跳愈高，簡直碰到張天錫的臉頰了。張天錫驚慌的跑回家，鬼又追到他家裡。夜晚時在牆頭屋簷上大聲的怒罵不止。張天錫也發了寒熱病昏睡不醒。全家就上香拜拜禱告，鬼的怒氣稍為小了一點。

家人就問鬼的姓氏和居住的地方，鬼都一一說明。眾人聽了，立即叩頭跪拜說：『原來您就是我們的高祖母了！為何來降禍給自己的孫子呢？』

鬼悽然咽喑說：『這是我的家嗎？什麼時候搬到此地的？你們是我的什麼人啊？』

眾人告訴她原尾，鬼嘆息著說：『我本來是無意來這裡的，別的鬼要來這裡找吃的，慫恿我一起來，你們有數輩祖先在生病，數輩祖先在門外，你們可準備清水一瓢，讓我好遣散他們。鬼長久饑餓時，會無故作亂，又怕天神會責備，所以有事喜挑釁求祭品。你們以後見到這種情形要小心回避，不要中了圈套。』眾人就照她的話做了。

鬼又說：『群鬼已散去，但是我口中的穢氣尿液太臭了不能忍！你們可到原處尋我的屍骨洗乾淨再埋了！』鬼又嗚咽的哭了幾聲才走了。

註一：此段出自於「灤陽消夏錄（四）」

029 審負心

浙江有一個讀書人，夜裡夢到自己到一個官府去，據說是都城隍廟。有一個陰間的小官對他說：『今天有某個先生控告其朋友負心，要拉你作證。你試想是不是有這樣的事？』讀書人回憶說：『是有的！』

不久，都城隍老爺升堂問案了，冥官說：『某人控告某人負心一事，證人已帶到，請問案！』

都城隍向讀書人舉案歷歷，讀書人據實以告。

都城隍說：『這些人結交朋黨，營求私慾，用朋友間的關係求進階之身，以自己的同類為愛好，與自己相異的為厭惡。以自己喜歡的為對的，自己不喜歡的事為錯事！當他們勢力孤單了，就攀附有權勢的人來求援助。他們同類的人在相互之間，也互咬互吃，彼此相互排擠。利用翻雲覆雨的手段，變化萬端。這本就是小人之交，豈能以君子之道來責備他！自己窩裡反，是理所當然的了。根苗原由已經查明，這人可放回去了！』

城隍老爺更回頭跟讀書人說：『所謂負心的人，會沒有處罰的嗎？種瓜得瓜，種豆得豆。因果相互的關係，一方是負心了，又有負心的隨其後來對他負心，根本不必讓鬼神來收拾他了！』

讀書人一下子醒了，後來觀察他的這個朋友數年，竟如城隍老爺所說的話一般。

註一：此段出自於「灤陽消夏錄（四）」

030 奇聞

福建的地方有某夫人，喜歡吃貓。她叫人先將缸中放很多石灰，把抓到的貓投入缸中，再灌以開水。貓被石灰產生的氣體所侵蝕，毛都脫乾淨了，也不用整治，血都留在內臟中，貓肉像玉一般的潔白晶瑩，聽說其味鮮美，比嫩雞更勝十倍。

夫人她叫人日日張網，或設製機關，所捕殺的貓無法計算。後來夫人病危時，喵喵作貓的叫聲，這樣叫了十日才死。

景州有一個官宦家的兒子，喜好抓貓狗之類的動物，折斷其腳向後捽，以看貓狗拐腳跳躍叫嚎為樂。他所殺戮的貓狗也很多了。

後來這個官宦所生的子女，也都是足踵反向前面，足掌在上的樣子。

我家僕人之子王發，善以火銃發火藥射擊鳥雀，百發百中，每日可殺數十隻。

此人只有一個兒子，名叫濟寧州，是他到濟寧州時所生的。年紀已十一、二歲了，忽然遍體生了瘡，像是被火烙燙了一般。每一個瘡內，有一個鐵彈子，也不知是如何進去的，用盡百藥都不能痊癒，竟因此絕嗣了！

殺孽太重！能不信嗎？

註一：此段出自於「灤陽消夏錄（四）」

031 孌童

相傳有某公奉命出使回來，途中暫住驛館館舍時，庭院中菊花盛開，他徘徊在院中，看見一個少年在竹叢中玩耍，大約十四、五歲了。這個少年相貌溫文雅緻，很是美麗，簡直像一個打扮化粧後的女子一樣。

這個官問旁邊的人，知道他是館舍主人的兒子。於是叫住這個少年跟他說話，也發現少年很聰明，很喜歡他。此官就拿了一把扇子送給少年。少年也像女人一般頻拋媚眼，似乎也有相好之意。

等到左右沒有下人的時候，此少年立即跪下，拉著此官的衣擺說：

『你不嫌棄我，所以我告訴你！我父親冤枉入獄，只要有你一句話就可以活命！你若是肯救他，我就以此身侍候你！然後由袖中取出訟狀。

忽然狂風大起！六扇窗戶砰砰嗙嗙的被摔得很厲害，而且都打開了，差點被隨從的人看到。

這個官心裡知道，這件事有些詭異，便說等晚上再慢慢商議，打發少年走了。此官隨即草草收拾上路，離開了那家館舍。

後來才知道，原來是鄉紳豪門的人殺了人，官司緊急，無法脫身。於是賄賂小官，將此官帶至鄉紳豪門的家裡。然後暗地裡又買了美少年裝作其子。又賄賂此官左右的人為之說情。但是鬼魂不甘心，故意顯靈，而讓此事敗露了。

裘文達先生常說：『此公只是偶而多事，差點中了別人的圈套！作官的士大夫一言一行，都不可不戒慎呀！假若此人當時像包孝肅（包青天）一般的正直，豈會給人可趁之機呢？』

註一：此段出自於「灤陽消夏錄（三）」

032
婦撻夫

我的叔父儀菴先生，有一個房子在西城之中，是一座小樓。被狐仙所佔據，夜裡常聽到說話聲，然而他並不害人，久而久之相安無事。

一天夜裡，樓上傳來漫罵鞭打的聲音，吵得很厲害，眾人都跑去聽。

忽然聽到挨揍喊痛的人，又大呼著說：『樓下諸位先生呀！你們都是明理的人，你們看！世上有婦人鞭打自己的丈夫嗎？』

剛好聽眾中有一人，才被自己的老婆打過，臉上的抓痕猶在，尚未痊癒呢！

眾人鬨然大笑說：『這是一定有的！一點也不奇怪！』樓上眾狐仙也鬨然大笑了起來！這場爭鬥遂解了圍。聽到的人無不好笑絕倒。儀菴先生說：『此狐仙以笑話的方式展露了自己的威儀，可算是好的下台階了！』

註一：此段出自於「灤陽消夏錄（四）」

033 犯狐

平原董秋原先生說：海豐有一個僧人主持的寺廟，廟裡素來就有許多狐仙，常常丟瓦石打人。

有一個老學究，借寺內東廂房三間屋子來教授學生。老學究聽到寺中有狐狸這件事，就親自到佛殿中大聲責罵了一番，於是整個晚上都很寂靜。老學究面有得意之色。

一天，請老學究教書的東翁前來探望。拱手作揖之時，忽然，有一個卷子從老學究的袖中墜落地上，拿起來打開一看，原來是秘戲圖（古時的黃色圖畫）。東翁不發一語的默默離去了。

第二天，學生都沒有來上課了。

警語：狐仙並未曾犯人，人卻去冒犯狐仙，最後反被狐仙整了。

這就是君子對於小人，只要謹慎小心而已，不要無故去挑釁，否責鮮有不敗給他們的。

註一：此段出自於「灤陽消夏錄（四）」

034 牛怪

乾隆時丁巳、戊午年間，在我家炊飯的老婆子姓李，是青縣人。她說：在她的家鄉裡，有一戶人家鄰近古墓。農家所養的兩條牛，常常在古墓上蹂躪踐踏，晚間夢到有人來責罵，他們鄉下人愚魯憨直，也不在意。

一天，忽然家中鬼怪大作，夜裡看見有兩個怪物，巨大如牛，踢跳踐踏，把院子中的甕缸全都打破了，連續幾天，接著磨米麥的碌碡又從房頂上砰然滾落下來，火燄飛起，洗衣砧板斷了數段。

農家的人很氣憤，借來好幾根鳥銃，等鬼來了，合力射殺它。結果，兩怪應聲倒地。農家的人很高興，拿了火燭前去觀看，原來這兩怪就是自己所養的兩條牛！

自此以後再沒作怪了！其家也漸漸沒落。誤以為自己的牛就是妖，將牠殺了，可見這鬼是很會撥弄人的了！

註一：此段出自於「灤陽消夏錄（四）」

035 星士虞春潭

星相術士虞春潭，為人推算命理，多出奇的準確。

偶然間他遊歷襄陽、漢陽之地，與一個士人同舟，聊得頗為融洽，日子久了，對其不吃不眠覺得很怪異，懷疑他不是仙就是鬼。在深夜裡私下問他。

士人說：『我不是仙，也不是鬼！乃是文昌帝君旁的司筆之神。有事要到南嶽衡山去，因與你有緣，所以和你周旋數日。』

虞先生馬上就問：『我對命理自覺已研究的頗深了，以前曾推斷某人應當大貴，結果竟不靈驗。先生您是司筆錄籍冊的，應當會知道這個原因！

士人說：『這個人的命若本是貴命，然而以太熱中官場升遷，就會削減成十分之七了。』

虞先生說：『熱中仕途官場，也算是人之常情，為何冥間的責罰如此重？』

士人說：『對仕途官場之熱中，其強悍拔怙的人，一定霸著權力。霸權的人必兇狠而剛愎。較弱的人必保固其官位，保固其位的人，必陰險而深沉。』

『以霸權來保護其權位的，一定是急躁的競爭者。彼此間急躁的競爭，一定會產生排擠。排擠的時候是不問作官的是否賢明，而是以是否是同黨，個性相類的人來聚集的。他們也不計較是非曲折，只計較自己的勝負。如此的流弊是說不完的呀！』

『最惡毒的，由其在貪婪酷吏的暴虐行徑上，壽元都削滅了，何止是財祿呢？』

虞先生暗自記下他所說的話，過了兩年多，虞先生果然去逝了。

註一：此段出自於「灤陽消夏錄（四）」

036 談鬼

王菊莊說：有一個書生，夜晚乘船停在鄱陽湖畔。他在月下散步納涼，走到一個小酒坊，遇到幾個人，彼此互報姓名，說起來都是鄉里間的鄰居，於是一起喝酒，相談融洽，開始說鬼故事。他們說的鬼故事多怪異新奇，常常有讓人意外的驚嘆！

有一人說：『這些當然都非常奇異，然而都不比我見到的奇呢！從前我在京師躲避吵雜，住在豐臺的花匠家裡，邂逅了一個讀書人，一起閒聊。

『我說這裡的花樹叢繁茂美麗，只有墓墟間的鬼比較可憎！』讀書人說：「鬼也有雅俗之分，不可一概而論！我以前遊山西時，遇到一個人與他論詩，有很多精妙詣美的作品。他自己唸他作的詩給我聽，有一首「深山遲見日，古寺早生秋。」

一首：「鐘聲散墟落，燈火見人家。」
一首：「猿聲臨水斷，人語入煙深。」
一首：「林梢明遠水，樓角挂斜陽。」
一首：「鵂鶹歲久能人語，魍魎山深每晝行。」
又一首：「空江照影芙蓉淚，廢苑尋春蛺蝶魂。」

每一首都楚楚有致，句句工整，剛要問其居所，忽然有鈴噹琅琅的聲音，旋即此人就不見了。此鬼是那麼可憎的嗎？』

『我喜歡這個讀書人的個性洒脫，準備留他飲酒。那人突然站起來說：「不要使你厭憎，已是大幸了！還敢再與你一起吃喝嗎？」那人一笑，就隱去了。這才知道，剛才說鬼的，自己就是鬼了！』

書生玩笑的說：『這種奇妙的絕事，自古來就沒聽說過。幻象中又出現幻象，是輾轉相生的。誰知道說這鬼的人，不又是鬼呢？』

幾個人一時臉色都變了，微風呼呼的吹起，燈光暗了下來，一時間都化作薄霧輕煙，霧濛濛的四散而去……

註一：此段出自於「灤陽消夏錄（四）」

037 拆字趣談

「亥」字有「二」的頭，「六」的身體，這是以拆字的方法來看的。漢代時對寫字，多採用離合點畫等的方法來解釋。到了宋代謝石等人，才以「拆字」為專門學問。然而以「拆字」來噫測未來，也往往非常奇妙靈驗。

乾隆時甲戌年，我考中殿試後，尚未得到上級的指示。在董文恪先生家，偶然遇到一個浙江的讀書人能測字。

我就寫一個「墨」字，請教他。

浙省的讀書人說：『作龍頭第一名，是不可能屬於你了呀！里字拆開為二甲，下面四點，應該是二甲第四名吧！然而必會進入翰林。

四點是「庶」字的腳，土是「吉」字的頭，應該是「庶吉士」了！』

後來果然如他所講的，我作了「庶吉士」的官。

又在戊子年秋天，我以言語獲罪，官司頗為急迫。白天和一軍官相伴留守。一個董姓軍官說自己能拆字，我就寫「董」字請他拆。

董姓軍官說：『先生要到很遠的地方去駐戌了！是千里萬里之遠吧！』

我又寫「名」字給他看。

董說：『「名」字下為「口」字，上為「外字」偏旁，是「口外」了。日在西為「夕」，應該是「西域」了吧！』

我問他將來回得來中原嗎？

他說：『「名」字形類似「君」字，又像「君」字，必會賜你回來的。』

又問他會在何時回來？

他說：『口為「四」字之外圍，而中缺兩筆，應不足四年了！今年戊子年，過四年到辛卯年，「夕」字為「卯」字的偏旁，也是相合的。』

最後我果然被貶從軍到烏魯木齊，以辛卯六月還京。

所以說精神若被感召，鬼神都能通曉。氣韻天機之所萌生，以形與象來感應，這與灼龜問卜，是同一個道理的。其實說是神奇，而又不算是神奇的囉！

註一：此段出自於「灤陽消夏錄（四）」

038 遣犯劉剛

烏魯木齊獲罪的遣犯劉剛，非常的驍勇健壯，但不喜歡耕作，伺機潛逃了。逃至根克忒，即將離開烏魯木齊所管轄的境地了。夜晚遇見一老翁。

老翁說：『你是剛剛逃亡的人嗎？前面有瞭望的哨台，你恐怕過不去，不如先暫時藏匿在我家中，等到黎明的時候，和耕田的人一起出門。你就可以雜在其中逃脫了！』

劉剛聽從了他的話，躲在他的家中。

等天色稍為亮一點時，劉剛在恍忽中如夢方醒，發覺自己的身體坐在老樹的腹中。再看看老翁，也不是昨天的面貌了，仔細審視他，原來是自己以前親手殺掉並且將他棄屍在深山澗水中的人呀！驚訝錯愕之下，欲從樹中爬起，緝捕逃犯的警騎已趕到了，只好束手就擒。

軍隊屯墾的法律中有罪犯私逃的，在二十日內自己回來的可免死。劉剛被擒的時候，在二十日將天亮的分歧點上。屯官欲讓他活命，劉剛自述所看見的事，知道死是免不掉的了，自願早日伏法，乃送轅門行刑。

在七、八年前殺人，很久都沒被人發覺，但是遊魂厲鬼，終於趕到兩萬里外的地方來索命，真是夠可怕的呀！

註一：此段出自於「如是我聞（一）」

039 回煞

張讚「宜室志」一書上說：風俗裡相傳人死了幾天後，就會有禽鳥自棺柩中飛出來，稱之為「煞」。

太和地方有一個鄭姓書生，用網子捕捉到一隻很大的鳥，是黑灰色的，高五尺多。後來忽然又不見了，就向鄰里中的人問訊。有人回話說：『我們這個里中有人死了數日，預卜的人說：今天「煞」會去他家，我們躲起來看，有巨大的黑灰色鳥，自棺柩中飛出來，你所抓的是不是那隻呀？這就是今天我們所叫的「煞神」了！』

徐鉉「稽神錄」中說：「彭虎子年少健壯，臂力很好。不信鬼神。他的母親死了，俗家巫師告誡他說：『某天會有「煞」要回來。

很嚴重的，可能會殺人，你們應該出去躲避。一家大小一定要逃出去躲起來。』可是彭虎子獨自留下來不肯走。夜裡感覺到有人推開門進來，彭虎子倉惶中無計可施，便先躲在一個甕中，以板子蓋在頭上。忽然覺得母親就在板子上，有人問：『板下難道沒有人嗎？』母親答說：『沒有。』這就是今人稱之叫「回煞」的。」

風俗上說小孩子沒長牙齒就死了，是沒有「煞」的。有牙齒的就有「煞」了。巫師能算出其「回煞」的日期。我的家奴孫文舉和宋文二人，都會這個巫術。我曾看過他的書用心思索，再用年月日時干支來推算，並沒有什麼奇怪奧妙的地方。書上說：某日逢某凶煞，當用某符來解，則是詭騙之詞，用以騙財而已。

或者有室小蔽窄，而無處可避煞的，又有壓制的方法，使「煞」伏在棺木中出不來，這種方法，叫做「斬殃」。這尤其是荒誕不可靠的。

　　可是家奴宋文的老婆死了，招來巫師做「斬殃」之術。至今他所住的屋子中，夜裡常常作響。小孩子也常常看到其過逝的母親出現，似乎又不全是胡說。天地之大，無所不有，陽間陰間的道理無法全都弄通，所以不必故意去偏袒他，為他說話。也不必加以攻擊或不讚成他。

註一：此段出自於「如是我聞（一）」

040 教子

鄰里中有一個老塾師王五賢，曾經夜間經過古墓，聽到鞭子責打學生的聲音。並且數落著說：『你不讀書識字，就不能明道理，將來什麼事都做不出來呀？要是犯了法律，你就後悔太遲了呀！』

老塾師想：在這深夜的曠野裡，誰會在此地教子弟讀書呢？仔細聽聲音，乃是出於狐仙的洞窟中傳來的。

王五賢感慨的說：『真不希望這些話是出自這裡的呀！』

註一：此段出自於「如是我聞（一）」

041

狐遺方

我的兄長晴湖先生說：飲了滷汁的人，會血凝結而死，是無藥可治的。

鄰居中有婦人不小心誤飲了滷汁，非常張惶失措！忽然有一個老婆子排開眾人進來說：

『可快取隔壁賣豆腐家所磨出來的豆漿灌下去，滷汁和豆漿混合，則會凝結成豆腐，而不會凝結成血塊了。我是前村的老狐仙，曾聽仙人說過此藥方。』說完就不見了。

婦人試飲豆漿後，果然蘇醒了過來。

以前劉涓子有鬼遺方，此事可稱作「狐遺方」了。

註一：此段出自於「如是我聞（一）」

註二：滷汁是作豆腐或醃漬用的石灰水。

042 找替身

裘文達公說，他在作詹事的官時，又有一天輪到他值日。五鼓天將破曉，他到北平圓明園查看。途中看見路旁很高的柳樹下，有燈火圍繞著，聚集了很多人，好像有什麼事情發生了。

原來有一個護軍兵士上吊在樹上。眾人將他解下繩環給他急救。很久，他才慢慢醒來。

他說自己經過此地，暫時休息一下，看見路旁有一間小屋子有燈光，一個美麗的少婦坐在圓的窗子內，她招手叫我爬窗越過去。我剛一探頭，頸子就被挂住了。

原來是吊死鬼變形找替身！此事常常都有，這個鬼能幻化房屋，再設繩索，真是恐怖呀！

在農壇西北的文昌閣南邊，有一灘積水，往往有水鬼來誘惑人。我十三、四歲時，看見有一人無緣無故的走入水中，已淹沒了下半身了。眾人在旁大吵，噪聲將他挽救了，才強拉他回來。

此人呆坐很久，才漸漸蘇醒過來。問他為何要自殺？

他說：『實在沒有要自殺的意思，但是太渴了，看見一個小茶肆，於是前往找喝的。還記得店門上掛著匾額，是粉板青色字，寫的是「對瀛館」。』

這家店取名還頗具文義的，他還記得是誰題的，字是誰寫的字，有名有姓的都是名人，這個鬼真是夠奇的了！

註一：此段出自於「如是我聞（一）」

043 有賊

戈東長前輩，一天吃完晚飯，坐在階下看菊花。忽然聽到大聲呼叫『有賊！』這個聲音喑嗚，像牛在盎中鳴叫一般。全家驚駭異常！一會兒，連呼不止，仔細聽這聲音，發現出自廚房廊下爐坑之內。

立即找巡邏的來開啟爐坑探視。原來是一個饑餓衰弱的男人，他仰著頭長跪不起。他自己說：『前兩天的夜晚，乘著天色黑暗偷偷進來這裡，先躲在此坑中，希望在夜裡出來偷東西。不巧！二更時下了一點小雨，夫人就命人將放在外面的醃韭兩甕搬進來，放在坑板上所以就出不來了。』

『本來希望雨停了醃韭甕會移走，可是等了兩日都不曾搬走，饑餓難忍，自己思量：出來被抓，其罪不過是被廷杖挨板子。不出來會變成餓鬼，所以自己反作聲呼賊了。』

這事很奇！然而實在是小人的心思所想到的。今天錄下這一段，來博君一粲！

註一：此段出自於「如是我聞（一）」

044 劉鬼谷

山東劉善謨先生，是我丁卯同年考中的同期。因其聰明黠巧，大家都戲稱他為「劉鬼谷」。劉先生詼諧有趣，有時也自稱「鬼谷」，於是「鬼谷」之名大噪起來，而其名字別號反而人都不知道了。

乾隆時辛未年，他屈就校尉營一個小房子，田白巖先生偶然去探訪閒話家常。告訴他說：『這是鳳眼張三的舊居房子，門庭如故，但人已死了埋入黃土二十餘年了吧！』

劉先生害怕的說：『我自移居於此屋，數次夢見有美麗的豔婦在堂中穿梭，是這個人嗎？』

白巖先生問其樣子說就是了！劉先生沉思很久，拍桌子說：『是什麼淫鬼？敢來迷惑我劉鬼谷，若現形，定要痛揍妳！』

白巖先生說：『此婦人若是在此，那是真的鬼谷子了！其手法百變，很多人都被顛倒，假的鬼谷子何足掛齒！京師之大，何必一定要跟鬼同住？』力勸他搬走。

我也曾探訪劉先生於此屋，還記得斜對著戈芥舟的宅第約六、七家之遙，今天已不記得地方了。

註一：此段出自於「如是我聞（一）」

045 梟鳥破鏡

河間府有一個小官叫作劉啟新，約略知道一點文章。

有一天，他問別人：『梟鳥破獍是什麼東西？』別人回答說：『梟鳥會吃母親，破獍會吃父親，都是不孝的東西呀！』

劉拍掌大笑說：『是啦！我生了風寒病，昏憒中魂魄被帶到陰間，看見二個官連桌並坐著。一個小官手持公文稟報說：「有某處的狐被其孫咬殺了，禽獸是無知的，不能以人的道理責備牠，今天商議不科以不孝之罪！」

『左邊的一個官說：「狐與其他的獸類是不一樣的，已鍊成人形的要以人律來斷牠。沒有鍊成人形的，要以獸例來斷牠。」』

『右邊的一個官說：「不對！禽獸的事情是跟人不一樣的，其天性與親屬間的關係，則跟人是一樣的。以前的大王，誅殺梟鳥破獍，不曾以牠是禽獸就放過牠，仍是科以不孝的罪名，送牠入地獄。」左邊的官點點頭說：「你說的對！」』

『忽然小吏抱著文件下來，摑了我一掌，我就嚇醒了。他們所說的話都清楚明白的記得，只是不瞭解「梟鳥破獍」這句話的意思，私下懷疑是不孝的鳥獸而已，現在果然是這個意思了。』

這個案子很新奇，在陰間地府也是要再商量過的。

有一人出外，被訛傳已死了。他的父母將他的老婆賣給別人作妾。等到丈夫回來，因對父母不能興訟，就偷偷跑到娶自己老婆的人家中去，等待機會見面後，帶著她逃跑了。

過了一年此二人被捉住緝獲了，以此事不是姦情，但是已另嫁。又以他是姦情，可是這男子是其前夫。官府也沒有法律可引用了。

又在劫盜中，另有一類叫作『趕蛋』。他們是不偷搶常人，而以專偷搶強盜的大盜。每次等到盜匪外出了，或襲擊其巢穴，或在要道上搶強盜才搶來的財物，黑吃黑。一旦要是相互打鬥，還將強盜捉到官府去。這種人以自己不是盜匪，然而卻做實際搶掠的事，他們以掠奪盜贓為正職，官府也沒有法律可引用。

又有以姦情而懷孕的人，判決以後，官府依法律判所生的女子歸還姦夫。後來生下子女，本夫懷恨殺掉嬰兒。姦夫控告本夫殺其子，雖有法律可引用，然而覺得姦夫所控訴的有理無情。本夫所做的有情無理。都沒法公平持平的解決這件事。不知道陰間地下的冥官遇到這種事，又會如何判斷呢？

註一：此段出自於「如是我聞（一）」

註二：梟鳥破獍，梟是貓頭鷹。獍是像虎而較小的獸類。梟獍皆為反食父母的鳥獸，以指不孝之人。

046 仙亦盜句

有歌舞的童子在扇子上畫雞冠，在筵席上請求李露園先生題字。露園先生戲書絕句曰：「紫紫紅紅勝晚霞，臨風亦自弄夭斜，枉教蝴蝶飛千遍，此種原來不是花。」

大家都感嘆他運意雙關語之巧妙。

露園先生到湖南赴任後，有扶乩者，或以雞冠請大仙題書。先判即寫此詩。我大驚說：『這不是李露園作的詩嗎？』乩突然不動了！扶乩的人都狼狽的逃走。顏介子先生說：『神仙也會盜句。或說是扶乩的人本身所偽造的，但是每次都會以盜句敗露了！』

註一：此段出自於「如是我聞（一）」

047 繩還繩

慶雲鹽山之間，有一些夜間經過墓墟的人，被許多狐所整了。把他們脫光，讓他們裸露著身體，一個捉住一個的腳踝，倒掛在樹梢之上。

天亮時，有人看見了，才找梯子將他們解下來。看他們的背上還寫著三個大字：「繩還繩」。不知道是什麼意思？

很久以後才記起來，在二十年前，曾捕捉到一隻狐，將牠倒掛在樹上，今天報應來了。

胡厚菴先生有一首仿西涯新樂府的詩中，有繩還繩一篇詩。

詩曰：『斜柯三丈不可登，誰攝其杪如猱升。諦而視之兒倒繃，背題三字繩還繩。』即指的此事，意思是指當年曾侵犯他，所以今天銜怨伺機報復。

註一：此段出自於「如是我聞（一）」

048 掃帚怪

奴子王廷佑的母親說：青縣有一戶民家，除夕那天，有一個賣蒲草花的人敲門大呼說：

『佇立等候好久了，為什麼買花的錢還不送出來啊？』

詰問家中的人，都無人買花。而賣花者堅持說有一個年青女子拿了進去，正在紛紛擾擾的吵著，有一個老婆子急聲大呼了起來說：

『真是大怪事呀！廁所的掃帚柄上，插著數朵花耶！』

拿花來一看，果然是剛才被人拿進來的花。有人將它折斷焚燒了，還吱吱有聲，血絲一縷縷的冒了出來。

這個鬼魅既然知道化為人形，就應該潛藏靈氣，為何還作此怪異之事？使人知道而除去它！豈不是自取其敗了？

天下之事還沒有成就之前，先自我炫耀，剛有一點成就，而不自我修養生性的人，其實就像這支掃帚一樣！

註一：此段出自於「如是我聞（一）」

049 狐　悲

陳竹吟曾在一個有錢的人家作教職。

富家有一個小女奴，聽到她母親在路上行乞快餓死了，私下裡偷了三千銀子給母親。後來被同輩作奴僕的人發現，稟告了主人，被鞭打得很厲害。

富家有一個樓，住有狐，已借居數十年了也不曾作怪。

在小女奴受鞭挨打時，忽然樓上哭聲大作。主人覺得很怪異，仰頭向樓上問原因。

狐仙答說：『我輩雖是異類，也具有人心。可憐這個小女奴未滿十幾歲，而為母親受鞭打。不自覺的失聲痛哭了，並非是故意擾亂你們啊！』

主人便將鞭子丟在地上，面無人色的過了數天才好。

註一：此段出自於「如是我聞（二）」

050 求償

即墨楊槐亭前輩說：濟寧地方有一個童子為狐所迷，每夜都同床共枕，漸漸童子都快二十歲了。家人教他留鬍鬚，等鬍鬚稍為長一點，在睡夢中就被狐所剃去，還為他敷上脂粉戲弄他。家人又用符籙驅狐，也無法趕走牠。

後來正乙真人乘舟經過濟寧，家人就請真人代為劾治。正乙真人上告於城隍，狐就向真人自訴其苦。當時並看不見狐的形影，旁邊的人只聽到說話的聲音。

狐說：『我的前世是個女人，這個童子前世是個僧人。小女子夜晚經過寺門時，被僧人劫入寺中，關在地窖中，隱忍受辱了十七年，最後抑鬱而終。在冥間地府訴訟時，主判官判案是說：僧人在地獄受完罪後，再以來生來償還我的債。

『後來我以其他的罪孽被變成狐，躲在山林中百餘年，也未能和僧人相遇。現在我修煉成道，又逢這僧人變成此童子，因此可以將此段孽債來償還了。只要十七年的時間滿了，我自會離去，不煩勞各位驅散！』

真人也不知要怎麼辦了？也不知牠期滿時是否真會離去？

但是根據其所講的故事，足以讓我們知道，人要是對別人有所虧欠，就是相隔了數世，也是要償還的呀！

註一：此段出自於「如是我聞（三）」

051 虎神

先母張太夫人曾顧用一個姓張的老婆子來炊飯，她是房山人，住在西山深處。

她說：在她的家鄉裡，有一個非常貧困的人出外覓食。因從未外出過，走了半日就迷路了。路徑崎嶇，天色陰暗，不知怎麼辦才好？暫時坐在枯樹下，想等天亮一點辨清楚方向再走。

忽然有一人自樹林中走出來，有三、四個人跟隨著。這些人都是面目猙獰，氣派偉然，和常人不太一樣。這人知道這些人若不是山中之靈，就是妖魔鬼怪。自己思量可能是無法躲避了，於是乾脆伏地跪拜，哭訴自己的貧苦。

那個奇怪的人動了惻隱之心說：『你不要害怕！我不會害你的！

我是虎神，今天是為我們虎群找食物，等虎輩把人吃完了，你可以將人的衣物收去賣，就可以養活自己了。』

虎神就帶此人到一處地方，嗷然長嘯一聲，許多老虎都聚集來了，這人（虎神）就舉手指揮。他的語調啁哳，不知道說些什麼？過了一會兒老虎就散去了，只有一隻老虎留著，趴伏在樹叢之間。

忽然一個人肩荷著擔子經過樹林裡，老虎跳起來欲搏殺他，但又忽然退避不殺他，讓他走了。又過了一會兒，有一個婦人又走過，老虎就跳出去搏殺她，將她吃了。撿起婦人的衣帶得到數錠金子，拿過來交個這個窮人。而且告訴他說：『老虎是不吃人的，只吃禽獸！若是吃人，那人一定是禽獸了！人要是天良未泯的，其頭上會有靈光的光環。老虎看見了，就會躲避。若是天良泯滅了，靈光就會息了，就跟禽獸沒兩樣了，老虎就會把他當禽獸吃掉了！』

『剛才前面一個男子，其個性兇暴不講理，然而搶奪得來的，還會養活其寡嫂孤姪，讓他們不會碰到饑餓寒冷，是一念而生的靈光，雖然只有彈丸般大，可是老虎不敢吃他。』

『後來有一婦人，拋棄其夫又私下改嫁，並且虐待前妻的兒子，將兒子打得體無完膚。最後又偷盜了後夫的金子，送給自己跟前夫所生的女兒，她懷中所攜帶的金子就是了。以她這些種種的惡行，靈光早已消靡殆盡了。老虎看到她，已不是人身，所以要吃她！』

『你今天遇到我，以你事奉繼母很孝順，把給妻子的吃食用以養繼母，你頭上的靈光有一尺多高，所以我看得見，並不是你哀哀跪求所得來的。以後你更要多做善事，一定會有後福深厚的一天！』虎神又指示他回去的路，走了一日夜才回到家中。

張婆子的父親，因與這個人是親戚，所以知道這件事。

當時家奴中有婦人虐待他七歲孤姪的，聽到張婆子說這故事，也不敢再做壞事了。聖人、神仙、道家用寓言來設教育之門，信的人還真不少呢！

註一：此段出自於「如是我聞（三）」

052 寧死不屈

諸鎮番先生曾說：在明朝時，河北五省大饑荒，以至於屠殺人命來賣其肉的，官府也無法禁止。

有一個客人在德州、景州之間的地方，在店中用餐，看見一個少婦裸體伏在斬肉的刀板上，手腳被綑著。屠夫正在取水洗滌準備下刀。這恐怖的樣子，令人戰慄！

客人心生憐憫惻隱之心，加倍用錢將她贖了。並且幫她解了繩子，還幫她穿衣。一不小心客人的手觸及少婦的乳房。少婦焉然對他說：

『你救我像再生的父母一般，終身做低賤的雜役，我也不悔恨。

只是作婢僕是可以的，作妾室就不行！我就是不肯事二夫，才賣到此地的，你又何必來輕薄我呢？』

少婦又解開衣服丟在地上，自己仍裸露身體伏在刀板上，閉著眼睛等候宰割。屠夫恨她賣不成，活生生的割去其屁股上一大塊肉。只聽到她哀號喊痛。至終沒有悔意！可惜現在已不記得其姓名了。

註一：此段出自於「如是我聞（二）」

053 賣鬼

景城中有一個名叫姜三莽的人，勇敢憨傻。

有一天，聽人說起來宋定伯賣鬼賺了錢的事，很高興的說：『我今天才知道鬼可以抓。如果每夜捉一個鬼，唾口唾沫讓它變成羊，天亮時牽到市場去賣，可賺一日的酒肉錢了！』

於是他夜夜扛著木杖，拿著繩子，暗自潛行到墓墟之間，就像獵人伺機去捉狐狸、兔子一般。等了好幾天，都沒見著鬼，他又到素稱多鬼的地方，裝醉躺著來引誘鬼，也是寂靜無聲沒有見到。

一晚，他隔著樹林看見有數點燐火，於是拼命奔了過去，還未到地方，星星點點的燐火就已散去了，讓他懊悔不已，只好頹然得返。

如此這樣經過了一個多月，仍是無所得。

鬼所以會欺侮人，是乘人之危或乘人之畏（害怕）。姜三莽確信鬼可捉得住，意識中已經視鬼不如己了，其氣燄足以懾鬼，所以鬼反而躲避他了。

註一：此段出自於「如是我聞（二）」

054 擲鴨示警

李又聃先生說：在雍正末年時，東光城內，有一夜，忽然家家戶戶的狗都吠叫了起來，聲音像狂濤一般，大家都驚駭的跑出去看。只見月下有一人，長髮披到腰際，穿著簑衣細著麻帶，像是披麻帶孝一般。他手裡拖著很大的袋子，袋裡有千百隻鴨鵝，呱呱大叫著。他站在一戶人家的屋脊上，過一會兒又移到別家去。

第二天，凡是他所站過屋脊的人家，都有鵝鴨兩、三隻從屋簷上扔下來。有些人家就把鵝鴨煮來吃了，與一般的鵝鴨沒什麼兩樣。也不知為什麼會有從天上掉下來的鵝鴨？

後來凡是得到鵝鴨的人家，家裡都辦了喪事。才知道這件事實在是凶煞之神偶然顯現而已。

我的外舅馬周籙家，那一夜也收到兩隻鴨。那一年，他那作靖溺同知這個官的弟弟，庚長先生也死了。

縱觀自古至今，遭死喪之事的人如恆河之沙一樣多，為何獨獨在那一夜來顯示徵兆？在那一夜裡，為何只挑了幾家人擲以鵝鴨？這又是什麼意思呢？鬼神的事，真是有可知和不可知的呀！

註一：此段出自於「如是我聞（二）」

055 幫鬼

老儒劉挺生說：東城有一個獵人，半夜時在睡夢中醒來，聽到窗紙淅淅作響，一下子又聽見窗下有窸嗦的聲音，邊披著衣服，邊大聲喝問是什麼東西？

忽然聽到回答說：『我是鬼，有事求你，請你不要害怕！』

問他有什麼事？

鬼說：『狐與鬼自古以來是不在一起居住的。狐所住的窟穴古墓裡都沒有鬼。我的墳墓在村北三里多的地方，狐趁我外出時，聚眾來侵占，等我回來，反而不得其門而入。若要跟他們相鬥，而我本是一個書生，一定不會戰勝的，若爭訟到土地公那裡，即使僥倖贏了，但他終會來報復的，可能又會不勝。現在我想請你在行獵的時候，繞道半里路，常常經過那裡，那他們就會害怕的遷走了。倘若你們看見狐了，請不要將他們都抓了去，免得事機洩露，他們又結怨與我！』

獵人果然照著他的話去做了，後來又夢見鬼來道謝。

一般來說，鵲巢鳩占，自己應可理直氣壯的去爭回。然而體力不足以勝他，就避而不爭了。武力可以勝他，又深思熟慮地不願盡力，因他不求僥倖的求勝，也不求超過的勝利。這就是他最後的勝算。所以說能力孱弱的人，碰到強悍兇暴的人，像這鬼一樣的作法就很好了。

註一：此段出自於「如是我聞（二）」

056
刑名余某

一個姓余的人，在幕府做師爺，專管官司刑罰四十多年，後來臥病垂危時，在燈光下恍惚看到有冥吏來抓他。姓余的人憤慨地說：

『我為人存心忠厚，曾發誓從來不敢妄殺一個人，是你這個鬼亂來！想來抓我嗎？』

夜裡他又夢到幾個人在血泊中哭泣著說：『你知道什麼是刻薄殘酷所造成的積怨，那裡知道忠厚也能造成積怨的呀！一個孱弱的人，慘被人殺了，在就死的時候，痛苦萬分，孤魂飲泣，含恨在九泉，就只有希望對自己施橫暴的人被誅殺！來一申積憤。但是你只看見生者的可憐，看不見死者的可悲！在刀筆舞弄之間，就幫壞人開脫了。使兇殘的人成了漏網之魚，使我們這些身為白骨的人沉冤。你試著設身處地的想一想！如果是你無緣無故的被人殺害了，魂魄有知，旁觀的人是主掌官司的獄吏，把重傷害改為輕傷害。把殺多改為殺少，改沒道理為有道理。改有心犯罪為無心犯罪，使你咬牙切齒仇恨的人從容脫罪，並逍遙法外，你不感到怨恨嗎？』

『如此錯誤的思想！你還自鳴的得意的以縱惡為陰德！被枉死的，不以你為仇敵，以誰為仇敵呢？』

姓余的人倉惶恐怖的醒了，將他所夢到的故事講給自己的兒子聽，並回手自己打自己說：『我所想的全錯了呀！』隨即就死了。

註一：此段出自於「如是我聞（三）」

057 杏花精

益都朱天門說：有一個書生，借住在京師雲居寺裡。看見一個十四、五歲的小童，時常來往寺中。書生本來就是個浪蕩子，就引誘他和他親近，並留他共宿。

天亮時，有客人推開門就進來了，書生很羞窘，但是那個人像是沒看見屋內有什麼人一樣、過了一會兒，僧人又送茶進來，也沒看見屋內的童子。書生心中納悶懷疑了，等這兩人走了，就擁著他問他。

童子說：『先生你不要害怕！我實在是杏花精。』

書生駭怕的說：『你要魅惑我嗎？』

童子說：『精與魅是不一樣的！山魈厲鬼，依附草木而作祟，叫作魅。千年老樹，內聚精華，時間久了而成人形。就像道家所說的「結聖胎」這叫作精。鬼魅是會害人的，精則不會害人。」

書生問他：『花妖多半是女子，為何獨獨有你這個男子作妖？』

童子說：『杏樹有雌雄，我是雄杏而已。』

書生問他：『為何你又肯做女人與我相好？』

童子說：『續前緣而已！』

書生問『人與草木怎麼會有緣呢？』

童子停了很久才說：『不借人的精氣，是不能煉成人形的。』

書生很生氣的說：『如此你還是來魅惑害我了！』遂推枕掀被而爬起來，童子羞愧的無以為對。

書生旋即懸崖勒馬，算是有智慧的了！這個書生正是朱天門的弟子。

註一：此段出自於「如是我聞（二）」

058
盜懼淫禍

獻縣，有李金梁、李金桂兄弟都是大盜。

一天，金梁夢到其父親對他說：『作強盜的人有會失敗的，也有不失敗的，你知道嗎？貪官污吏，刑求威脅得來的財。或是以神佛事，豪取巧奪得來的財。或是父子兄弟間，藏匿偏得來的財。或是在朋友親戚中，強求詐誘得來的財。或是狡黠的奴僕，能幹的雜役，侵吞乾得來的財。再或是巨商富室，重息剝削得來的財。以及一切刻薄計較，損人利己得來的財。都是可以求取，而對其自己本身是無害的。罪惡重的雖然殺了人，也對自己無害。因為其人是照天道的惡行來作的！』

『要是人的本性善良，取財由義，這是天道所降的福氣。如果本性善而要犯案作壞事，事理就是悖天了！違悖了天理，事情就要敗了！』

『你的兄弟前些時候，搶劫一個節婦，使母子沉冤哭號，鬼神都震怒了再不悔改，災禍就要來了！』

後來經過了一年多，其弟李金桂果然伏法了。

當金梁入獄時，自知不免一死，就對刑房吏史真儒講了這段故事。真儒是我家鄉的人，後來他又將這故事告訴我的父親姚安公。

真儒又講：盜亦有道。巨盜李志鴻說：『我在馬上作強盜，生活了三十年，自己搶劫別人的財物很多了，看見別人搶劫也很多。但是事敗被抓的有十分之二、三。不被逮到的有十分之七、八。若一旦姦污人家婦女，屈指來算，從來沒有一人會不敗露不被抓的。所以常以此告誡徒眾。也因此說：天道中以淫為大禍，是不變的道理呀！』

註一：此段出自於「如是我聞（三）」

059 滴血試親

孫樹森說：晉地（註一）有一個人將家中的財產託給其弟，而自己在外行商，在外做生意時，結了婚生一子。過了十多年，其妻子病卒，他就帶著孩子回家來。他的弟弟害怕他索還那些財產，就誣造他的孩子是抱養的，是異姓，不可繼承父親的財產，糾紛久久不能解決，就告到官府。這個官有些昏憒，也不問這商人所說的是真的？假的？直接就判他們要照古法滴血試親，幸而血是相合的，於是官府就將弟弟打了板子趕了出去。

這個弟弟向來不信滴血的事，他自己有一個兒子，於是用他來刺血檢驗，果然不合，又以此來上訴。說縣令所判的是不可依據的。其同鄉的鄰居，討厭他貪婪不講理，就檢舉說：『弟弟的妻子素來與某個小子要好，他的兒子並不是他親身的，血也不合，眾口分明，也都有證據。』不久即證實弟婦有姦情，將他的相好抓來，也俯首認罪了。

弟弟慚愧的無地自容，偷偷的離開家鄉。這樣的情況：老婆被逐出，兒子逃竄了，自己也逃走了，財產反而全部歸其兄了。聽到的人都大快人心！

就『陳業滴血』這典故，見於《汝南先賢傳》，自漢朝時已有這個說法，然而我聽諸位老吏（司法官）說：『同為骨肉一脈相傳的人滴血相驗會相合，是以常理論之。若是在冬天以盛裝的器物放在冰雪上。使其極冷極凍，或是夏天以鹽或醋，將盛裝的容器內拭擦，使容器內有酸鹹的味道，則所滴的血，入了容器就凝結了，雖然是至親的人，也是不會融合。所以滴血並不足以形成一個公信的技法。』

以此事而論，若是此縣令不判滴血試親，則商人之弟不上訴，則弟婦所生的野生之子，也不會敗露了。這是貪所造成的啊！也不可全怪這個縣令的食古不化！

註一：晉地，為今山西省境內。
註二：此段出自於「槐西雜志（一）」

060 回婦報恩

烏魯木齊的千總柴有倫說：以前征戰霍集占(註一)時，率兵搜山，出入在珠土斯深谷之中，遇到瑪哈沁(註二)射中其中一個，那人帶箭跑了，剩下的七、八人也四竄逃走，於是奪得其馬匹和帳幕。

忽然看見樹上綁著一個回族婦人，屁股左側已腐爛見骨，還有虫子嗷嗷作響。那婦人看見柴有倫，屢次搖其頸項，又作叩頭狀。柴有倫知道她想要求速死。於是拔出刀來將其貫心穿下，婦人長號一聲而亡。

後來柴有倫又經過那個地方，忽然河水暴漲，他的馬不敢涉水，只好在岸旁稍為休息，以等待河水稍退。

　此時突然出現旋風在馬前環繞移動，一會兒走，一會兒停，像是要引導他渡河一般。柴有倫悟出這旋風乃是回族婦人的鬼魂，就騎著馬隨著旋風走，竟可以找到水淺的地方渡過了。

註一：征戰霍集占，即乾隆時平定大小和卓木之役，霍集占乃香妃之夫。

註二：瑪哈沁，回語盜匪之意。

註三：此段出自於「槐西雜志（三）」

061
老鬼戲貪

孫樹靈說：高川有一人賀某，家裡很貧窮，除夕到了無錢除歲過年。到親戚家串門借貸，也無所獲，他的心中抑鬱無聊，就去喝個大醉才準備回家。

當時夜已深了，他遇到一個老翁，揹著一個囊袋，很困難的走得很慢，於是請賀某幫忙揹至高川，並要給他揹負的酬金，賀某允諾了。

這個囊袋很重，賀某暗自思量，自己正無錢過年，若是搶奪這囊袋逃逸，那個老翁體態龍鍾，一定追不上自己。所以他就揹著囊袋盡力快速疾走了。老翁在後面追呼，他也不答應。賀某狂奔了七、八里路才到家。急忙入屋關門，拿燈出來點上。一看！原來是新砍的楊木一段，重約三十公斤，這時才知道被鬼捉弄了。

這個賀某貪狡成性，久了連鬼也討厭，所以乘其困窘的時候來侮辱他。倘若不然，路上來往的人這麼多，為何獨獨戲弄賀某呢？

樹靈又說：垜莊張子儀嗜酒成性，年紀已五十多歲了，以傷風感冒病卒。將入殮時，忽然又蘇醒了過來，說：『我病痊癒了！剛剛到冥間，看見有三個貯酒的巨甕，都寫著「張子儀封具」字樣。有一個已開封了，其中還存有半甕酒，一定是我命中所能吃的酒了，必須喝完才會死！現在既然痊癒了，這一次要飲二十多年才行！』

一天，張子儀告訴旁邊的親人說：『我快要死了！昨天又夢到去冥間了，看見三甕酒都光了！』

過了幾天，他果然無疾而卒。這跟補錄紀轉載的李衛公食羊之說很相近。可信嗎？

註一：此段出自於「槐西雜志（二）」

062 蘇沈良方

蔡葛山先生說：『我校四庫全書的時候，常常都是找找錯字來領薪俸罷了。但是有一件事卻是深得校書之好處的。』

『我有一個年幼的小孫子，偶然誤吞鐵針。醫師用朴硝等藥都無法使它排出。小孫子日漸孱弱。後來我從校稿中，校到蘇沈良方時，其中有「小兒吞鐵物方」，上面說：「剝新炭皮研為末，再調粥三碗，給小兒吃，其鐵自下。」

我依方試試看，果然炭屑裡有鐵針出來了。此時才知道雜書也是有用的。』

這本書世上無傳本，只有永樂大典中收其全部。我在帶領作四庫全書時，這部份屬王史亭來排簒成帙的。蘇沈指的是蘇東坡、沈存中二位先生，二人都喜歡醫學，宋人集其所論作此書。

註一：此段出自於「槐西雜志（二）」

063 羅剎成佛

奴子張凱，最初在滄州做獄隸，後來因為聽到犯人暗泣的哭聲，心懷不忍，於是賣身給我的父親姚安公為奴。

張凱年已四十多歲了沒有兒子。一天他的妻子將臨盆了，張凱愀然說：

『是女的嗎？一定是的！』妻子問他為什麼會知道？張凱說：『我做獄隸時，有某人控告自己的妻子，與鄰人張九有私情。大家都知道他在冤枉人家，而事情涉及曖昧，也無人可以代其剖白。審案的官員派遣我去拘拿張九。我稟告說：「張九初五日被捉拘留在獄，初八日被鞭笞，十五日放出去，現在已不知到那裡去了，請寬限日期，好去捉拿。」』

『審官檢驗登記的冊子，也如此登錄著。於是怒罵這個某人說：「初七日張九正被押禁，如何到你妻子的屋裡去呢？」將這個某人廷杖後趕出衙門。』

『其實這是另一個張九，我借他來應付了事。去年聽到這個婦人死了，昨夜夢到她來向我跪拜，知道她轉世投胎做我的女兒了！』

後來果然生一女兒，此女後來嫁作商人婦。張凱夫婦年老時又生病，全賴這個女兒孝養以終。楊椒山著有羅剎成佛記，這個婦人也近似羅剎成佛了呀！

註一：此段出自於「槐西雜志（二）」

064 孝子至情

我的兄長晴湖先生說：有一個人叫做王震升的，老年喪愛子，痛不欲生。

有一天夜裡，偶然經過其子的墳墓，悽然徘徊在墓旁，戀戀不願離去。

忽然看見他的兒子獨自坐在墳頭上，就急忙上前去，鬼也不避他，可是要握兒子的手時，他就縮了回去。他跟兒子說話，兒子神態索然落漠，像是不想聽他說話，也不想答話的樣子，王先生很奇怪的問他緣故？

兒子微微一笑說：『做父子是宿命中的緣份，緣盡的時候，你就是你，我就是我了，何必再互相問訊了呢？』兒子竟然掉頭走了！

王震升此時氣得痛念全消。

有人會說：『要是他的父親瞭解此事中的意義，就不會喪失明理的智慧了。』

我的兄長晴湖先生說：『這是孝子至高的情思啊！兒子作這種幻影出現，來斷絕他父親長久失子的悲哀。雖然這話說得不像是正理，但是讓人會有這種想法。父子兄弟夫婦之間，都視作在今世的萍水相逢，對於逝去的人，不數日感情就會趨於平淡，而不再悲痛了。』

註一：此段出自於「槐西雜志（一）」

065 養瞽院

育嬰堂、養濟院這類的慈善機構到處都有，只有滄州有一家很特別的專門養盲人的養瞽院，而且並不隸屬於官府。

盲者劉君瑞說：『很早以前有被選作官的陳某人，在經過滄州時，盤纏用盡，也無處可告貸借錢，在進退兩難之際，欲投河自盡。有一個盲者憐憫他，傾囊資助他上京求取功名。後來這個姓陳的人到京師裡竟做了官，漸漸升到了州牧。他仍念念不忘盲者的恩情，自己儲蓄了數百金，想要報盲者之恩，然而都遍尋不著，也不知他的姓名，於是把錢用來建立養濟院，專門收養盲人。這個盲者和這個陳某人都可說是大善人了呀！』

劉君瑞先生又說：『眾盲者留一間屋子來日夜燒香拜陳公。』

我則說：『陳公的旁邊也可替盲者設一祀坐。』

劉君瑞懾嚅的說：『盲人可與官平起平坐嗎？』

我說：『如果要以官位來祭祀他們，則盲者無官位，是不可同坐的。如果是以義來祭祀他們，則盲者之義與官是同等的，為何不可並坐？一起接受祭祀呢？』

此事發生在康熙朝的年代中。劉君瑞告訴我是在乾隆朝乙亥、丙子年間。

當時還能說出這個盲人養瞽院的院長是誰，現今已三十多年了，不知這養瞽院是否還存在呀？

註一：此段出自於「槐西雜志（一）」

066 陰德喪爵

秦州任子田，名大椿，讀書廣博，尤擅長於於三部禮書（周禮、儀禮、禮記）的註疏。以及六書的訓詁之學，他在乾隆乙丑年、登上二甲第一名進士。但是宦海浮沉，至晚年才得授與御史的官，未上任就死了。自清朝開國以來，二甲第一名進士中，沒有能進入詞館的人僅有三人，任子田就是其中之一。

任子田自己說：「在十五、六歲時，偶然的為繼父的姬妾以宮詞（一種有艷麗詞句的詞）書寫在扇面上。引起繼父的懷疑，以致姬妾自殺而死。她的鬼魂在陰間訴訟於冥府。任子田臥病在床，奄奄一息之時，鬼魂也追來拷問於他。經過了四、五日冥官開庭了七、八次。

終於辨明，任子由是出於無心之過，以過失殺人論，削減其官祿，所以仕途坎坷如此。」

舍人賈鈍夫說：「管這件案子的冥官就是郎中顧德懋，二人先不認識，有一天相見了，彼此像是以前就熟識了一般，當時大家都一起坐在廳堂裡聽他們說這件冥府的官司。任子由對答時，還不停的戰慄呢！」

註一：此段出自於「如是我聞（三）」

067 腹中人語

鬼魅在人肚中說話，我所親眼看到的，就有三件：一、為雲南做編修的李衣山，他因做扶乩，女狐仙下神，與他作詩唱和。故而狐仙的姐妹好幾位，都住在他的腹中。時時與他說話。請了正乙真人來劾治她們，但終究沒有辦法。最後李編修終生顛癇。這是我在翰林院裡親眼見到的。

二、為宛平的張文鶴，他在做南汝光道的官時，與史姓的師爺住在驛館裡。有客人遞名片要謁見史先生。於是史先生和客人徹夜長談。天亮時，客人及僕人都不見了，忽然聽到兩人的聲音出在史先生的腹中。後來拜神將鬼趕走。但是過了一會兒，鬼又回到史先生的腹中了。到史先生死了才算了結。我懷疑這是夙冤的事件。

三、聽金聽濤少宰說：在平湖有一女尼，有鬼在她腹中，談運氣、命運的好壞非常靈驗，於是廟中得到許多供奉。鬼自己說前世欠這女尼許多錢。而以此來償還。

「這事和北夢瑣言所記載田布事，人在女尼的腋下側耳傾聽，也可聽到腹類的人說話。這可能是樟柳人吧！」這是沈雲椒少宰說的。

068 繡屐蝶舞

昌吉之役平定後，官府將軍士俘虜來的、和逆黨的子女們分賞給將士們。烏魯木齊的參將某人，掌理這件事。自己就先取最美麗的四個人，教他們歌舞，施以脂粉化粧，穿美麗的服裝，配戴金銀寶石的首飾，儀態萬千。看起來像大家的嬌女，一般看見的人沒有不為之傾倒的。

後來這個參將升至金塔寺副將，剛要啟程赴任時，僕童檢典衣箱時，忽然從箱中有四雙繡花鞋翩然跳躍出來。滿堂飛舞，像蝴蝶飛舞一般。以木杖擊打它，繡花鞋落在地上，還蠕動著，發出呦呦的聲音，有些恐怖……

看見這一幕的人都驚訝的發不出聲來，心中暗覺此事不祥！果然在走到闢展，副將便以鞭打台員，為鎮守大臣所揮劾。被發配戌守伊犁，最後死在被謫之地。

註二：此段出自於「如是我聞（四）」

069 同穴之情

任子田說：其家鄉有一人在月下夜行，看見墓旁松柏樹之間有兩人並坐。一個是年約十六、七歲的男子，清秀可愛。另一個是白髮垂頸，佝僂著身體，拄著拐杖，像是七、八十歲的老婦人。兩人互倚著肩說笑著，意態和悅。這人心想：這是何家的老淫婦啊！竟與一個少年在親熱。等到走近了，那兩個人又不見了！

第二天，這個人就四處詢問，那地方是誰家的墳冢。才知道是某一個早年就夭折，他的妻子守寡五十多年才死，最後合葬在一起。

詩曰：「穀則異堂，死則同穴，情之至也。」

禮曰：「殷人之祔也，離之；周人之祔也，合之。」

所以說，聖人精通生死幽明的禮儀，才能以人情來看待鬼神之情啊！若不知人情，又怎能知禮呢？

註一：此段出自「如是我聞（四）」

070 老天有眼

獻縣有個捕役叫做樊長，與他的拍擋一起捕捉一個大盜，結果大盜跳窗逃走了，就把大盜的妻子綑來，關在官店(註一)裡。這個拍擋調戲強盜的妻子，將她擁入懷中，已經要寬衣解帶了，婦人害怕挨打，不敢吭聲，只是低頭飲泣。樊長突然看見了，怒罵他說：「誰家沒有婦女？誰能保證婦女不會遭難，落入盜賊之手？你若敢這樣，我現在就報官整治你！」

他的拍擋震慴了，就停止調戲的舉動。這個時間正好是雍正四年七月十七日戌刻的時間。樊長的女兒嫁作農家婦。那一夜也被盜賊所劫持，已經被脫去衣服，反手被綑綁了，正當要被污辱之際，也是有一個強盜大聲喝止他們，才得以保全，這個時間剛好在子時，中間僅相隔一個亥時而已。

第二天，樊長聽說到此事，仰面望著天，竟然張口結舌不能說出話來。

註一：官店，就是捕役拷打盜匪的地方。

註一：此段出自於「如是我聞（四）」

071 吸毒石

左傳上說在深山大澤裡，是會生有很多龍蛇之類的動物的。小奴玉保是烏魯木齊流人之子。當我們的軍隊初到特納格爾去屯軍的時候，他常常跑到山谷中去追羊。

玉保曾經看到，巨大如柱的大蛇，盤在高崗的頂上，面對著陽光曬自己的蛇鱗。蛇全身有五種顏色。燦爛得如一堆錦繡一般。頭上有一個角，長二尺多。當有群鳥飛過時，張口一吸，縱然是相距四、五丈遠，都會翩然落入牠的口中，如矢投壺一般。

玉保心知羊一定被牠所吞吃了。乘蛇沒看見自己，循著山澗逃跑回來，恐怖得差點掉了魂！

軍吏鄔圖麟說：此蛇甚毒，但其角能解毒，就是所謂的吸毒石。看見這種蛇，只要攜帶雄黃數斤放在土洞中燒，待風吹過去，牠就委靡不能動了。割取牠的角鋸成塊狀。當身上有瘡剛發生的時候，用一塊吸毒石放在瘡上，即如磁石吸鐵一樣，粘在一起不會脫落，等到毒氣完全吸出時，自己就會掉落下來。

放在「乳」中，浸出其毒，仍可以再用。毒輕的，乳變成綠色。稍重的，乳變成青黯色。毒極重的，乳變成黑紫色。若是乳變成黑紫色的人，吸四、五次就可完全吸盡清毒了。其他的吸一、二次就可痊癒了。

我記得從兄懋園家就有吸毒石，治瘡疽非常靈驗，其質地不是木也不是石頭，現在才知道是蛇角啊！

註一：此段出自於「灤陽消夏錄（五）」

072 張天師

俗傳張真人的小廝雜役都是鬼神來做的，他常與別人說及此事。倒茶的就是雷神。若是客人有不禮貌的，回去之後雷霆隨之而至，很少會免於難的。這是齊東野語之說了。

記得有一天，張真人和我一同陪祀，將要去的時候，忽然他把朝珠遺失了，他向我借，我戲弄他說：「雷部鬼律發令行動最快，為何不派遣他們回去取呢？」

真人不好意思的笑了。

然而我在福州作官時，老僕人紀成，每夜都被鬼祟所騷擾。

有一夜，他乘著醉意怒喝它說：「我的主人素來與張天師要好，明天寄一封信去，雷神立刻就到了！」馬上靜寂無聲了。難道狐怪也習慣聽聞這種說法了嗎？

註一：此段出自於「灤陽消夏錄（五）」

073 巨蟒(一)

都察院庫中有巨蟒，常常在夜間出來。我作總憲的官時，就兩次看見牠蟠繞的痕跡。大約寬兩寸多，估計其身體，應當橫的直徑有五吋寬。

牆壁沒有瑕縫，門也沒有門縫，窗台寬不到兩寸。不知道牠是如何出入這裡的？大概萬物久了，都能變化形體。狐魅都能從窗隙來往自如，而本形也不是可穿梭在窗隙中的呀！

壬子二月，我奉旨修院署。我開啟庫門檢視，並沒有看到什麼東西，大概是知道帝命所降，百靈慴伏吧！

院長穆嚕公說：內閣學士札公祖墓上也有巨蟒，常見牠出來晒鱗，墓前面有兩棵槐樹相距有數丈遠，蟒蛇把頭尾各掛在一樹上，牠的身上像彩虹環繞一般的美麗。後來札公葬母須要這塊地方當墓穴。於是祭祀而祝禱牠，牠果然率領牠的族類成千上百的蜿蜒而去，等葬禮完畢了才回來。牠去的時候像風一樣，然而卻是漸走漸縮小，最後長度只有數尺之長了。其能大能小的能耐，已具有神龍的技巧了呀！我於是悟出都察院的蟒蛇是如何出入的了。

在同一個月與汪焦雲副憲，一起在山西馬觀察家，遇到內務府一個官員說：西十庫貯存硫黃的地方，也有二隻蟒蛇。頭上都矗有一個角，鱗甲是金色的。要開鎖時要先敲鑼。最奇的是，每一次開鎖時，一定會看見硫黃堆在屋內像假山一樣高，剛好是夠他們這次要取用的若是取完了，又堆得一樣高了。牠的意思就是不讓人進入庫中，實際上人也不敢進入，也可稱牠守庫之神了呀！

註一：此段出自於「槐西雜志（一）」

074
巨蟒(二)

前面所記閣學札公祖墓巨蟒之事，是據總憲舒穆嚕公所說的，在壬子年三月初十日時，少司農蔣戟門邀我去看桃花，剛好與札公聯坐在一起，向他問起此事，知道舒穆嚕公說得不假。

札公又告訴我說：『還有一件軼事，舒穆嚕公是不知道的。就是守墓者的妻子劉媼，常與這隻蟒蛇同榻而眠，蟠臥在其榻上，差不多都佔滿一床了。蟒來的時候，要飲火酒。將酒注滿一個巨大的碗中，蟒舉頭一嗅，酒就減少了一些，所剩餘的酒已淡然如水，沒有酒味了。』

『劉媼憑此給人療病，也都靈驗。一日，有人給劉媼八千錢，要買這條蟒蛇，她就乘蟒醉了叫人抓了去。蟒抓走了之後，劉媪突然發狂說：「我待你不薄，你還賣我！我一定要捉你的魂！」劉媪並且自己打自己不止。劉媪之弟跑來告訴我（札公），我就去看，也沒有辦法，經過數小時她就死了。』

『天下的妖物，要憑附著女巫是常有的事，忤逆妖怪而遭禍，也是常有的事。只有為了錢賣妖，這事頗奇，也有人出錢來買妖，更是奇中之奇了！』

這條蟒蛇現在還在西直門外，土人稱那個地方為紅果園。

註一：此段出自於「槐西雜志（一）」

075 鬼頭

王覲光說：壬午年鄉試時，與幾個好友共同租了一個小宅子來讀書。

王覲光所住的室中，半夜裡燈光忽然暗下來，一會兒又亮了。看見地上冒出一個人頭，對燈噓氣，王覲光拍著書桌罵它，它就縮回地面下了。停了一會兒，頭又從地下冒出來，罵它又縮回去，如此這樣七、八次之多。快到四鼓天了，不勝其擾。

王覲光素來自負大膽，也不想呼喚同舍的人，於是靜坐看其變化。最後那鬼只有張大眼睛怒視著，竟不露出地了。王覲光覺得這個鬼無能了，就息燈睡覺，從此沒有再看見這鬼。

吳惠叔說：「這個冤鬼可能有想說的話，可惜沒有問問他。」

我認為若是真的為冤鬼，應當哀泣，而不會怒目而視。粉房琉璃街向東的地方，都是年久的墳堆叢塚，居民漸漸拓展。每當造一房屋，屍骨一定會在屋內。活生生的人陽氣太壯、薰得鬼不得安身，所以作怪來驅走人。初次拍案喝斥鬼，是根本不畏懼，所以不敢出來。看見了再罵它；鬼想是否能多存留一會兒，所也不肯離去。到王覲光熄燈自顧自的睡覺了，全置此事於度外。鬼知道至終也是趕不走他的了，也就不再做恐怖的樣子了。蘇東坡寫孟德事這篇文章，就是此義。

小時候聽聞巨盜金梁說：「凡是夜裡到人家家裡去偷盜的，都知道什麼樣的人家是可以偷盜的。聽到有異樣的聲音而發出咳嗽聲的人是非常膽怯的，可以攻擊他。聽到聲音而開門窗來等待盜匪的人，是心中膽怯但卻表示勇敢的人，也可以攻擊他。但是寂然無聲，莫測高深，不知動靜的，這一定是強勁的敵人。攻擊他，十次一定有七、八次會敗。應當衡量自己的力量來做進退呀！」也是這個道理了！

註一：此段出自於「槐西雜志（三）」

076 積怨

臨清的李名儒說：臨清有屠夫買了一頭牛，牛知道將被屠殺，縋著不肯往前走。鞭打牠則往旁邊要逃，力氣都要用盡了，勉強曳著牠走。牛經過一個小錢莊，忽然向著門屈兩膝跪下，淚水涔涔流下。小錢莊的人憐憫牠，問牠價錢是八千錢，願意照價贖牛。屠夫恨牛脾氣獰，堅持不肯賣。再加一點錢，也不肯賣，屠夫說：「此牛可惡，必殺牠才甘心，就是萬貫錢也不賣了！」

牛聽到這句話，自己就突然站起來，隨他走了。

屠夫用大鍋煮牛肉，然後就去睡覺。五更時就天亮了，屠夫爬起床來去開大鍋，他的妻子對他久久不回來感到很奇怪，跑到廚房一看，屠夫自己已投入大鍋中，腰以上的部份已與牛肉一起煮爛了。

凡是生靈，沒有不怕死的，不以它的畏懼而憐憫他，反而以其畏懼而憤恨，牛的積怨是很深的，厲氣所沖，怎會不報仇呢？

先淑儀南公，以前看見屠夫許學牽著一頭牛。牛看見儀南先生就跪下不肯起來。先叔就將牛買了。交與佃戶張存去養，養了好幾年，這牛耕田農作都較其他的牛賣力，耕作有其他牛的幾倍。由此可見，動物在恩怨之間，也是有定奪的，作為人的我們是不可不深思的呀。

註一：此段出自於「槐西雜志（三）」

077 畫中幻像

甲與乙對門而居，都是官宦之後，他們的妻子都以姣好美麗著稱。二人相好的如同親兄弟一般，二人的妻子也親如姐妹。乙突然死了，甲的妻子也死了。甲就千方百計的圖謀娶乙的妻子。世人都議論譏笑他。

在納聘禮之日，廳堂裡有敲疊鼓的聲音陣陣傳來。結婚之日，風一而再、再而三的撲滅花燭，大家都知道是乙的靈魂出現了。

一天，是甲妻的忌辰，家人懸掛著畫像來祭祀她。畫像裡甲妻的旁邊忽然多了一人，左手自後面搭在畫中甲妻的肩上，右手並戲摩其臉頰。畫中的甲妻也側眸流盼，臉頰微生紅暈。仔細看這個多出來的人，很像是乙。像是淡墨渲染而成的，又沒有筆痕。又像是隱隱隔著紙映出來的人，而眉目衣紋，又很纖細清楚。甲心裡知是鬼祟作怪，急忙將畫撕裂焚燒了。然而已經是眾目睽睽，萬口宣傳了。

奇呀！豈只是陽間不恥其惡行，將來會在地下陰間來要債。顯示這個奇幻的影像，就是要「辜負死去朋友的人」來誡慎的呀！

註一：此段出自於「槐西雜志（三）」

078 仙巖飄樂

教諭林清標說：以前在崇安做教職。相傳有讀書人居住在武夷山麓，聽採茶的人說，某個山巖在月夜裡有歌聲及吹笛的聲音，遠遠看去都是天上的仙女。

讀書人本性就輕浮佻達。於是借宿在山裡的人家，在月亮出來時就前去等待，數夜都沒遇到。山上的人也說有這件事，但都是在月望的時候，每年只有一、兩次聽得到，不常出現。

讀書人託言要安靜讀書，於是在那裡停留了半個月。

一晚，隱隱約約有聲音出現。讀書人急急潛伏的前往，藏匿在樹叢之間，果然看見了幾個絕色的美女。一女子拈笛欲吹之時，瞥見了人影，用笛一指，讀書人立刻身體像被綑綁似的僵硬起來，但眼耳還能聽跟看。歘時間笛聲清響透雲。聲音曼妙動人心魄，讀書人情不自禁的讚嘆說：「雖遭禁制，然而這美妙的聲音和媚麗的體態，已經夠欣賞的了。」

語未畢，突然飛來一塊手帕蒙在讀書人的臉上。於是他就像夢魘一般，聽不見也看不見了。後來從似睡似醒、迷迷濛濛中漸漸醒來。幾位仙女喝斥群婢將讀書人曳出，喝斥他：「你這個無禮的小子！竟敢偷看天女！」又去折了竹子要責打他。

讀書人苦苦的哀求訴說自己的道理，他說自己性喜音律，希望能聽到世間絕妙的音樂，就像李暮之傍宮牆一般，實在不敢有別的壞心跟她們彩鸞甲帳的親熱。

有一個仙女微嗔道：「憐憫你有如此至誠的心，我有一個小婢也懂得吹笛，就賜給你好了！讀書人匐匍叩謝，抬頭時，仙女已不見了。回頭看婢女，哇！大臉巨目，刺蝟式的短髮，腰腹膨膨像個鼓，氣咻咻的喘著氣。讀書人驚嚇懊惱著，想要偷偷的逃走，但是女婢卻要和他親熱，捉著他的手臂不放。讀書人憤力將她擊倒在地，化成一隻豬，嗥叫著跑到巖下去了。音樂聲從此也沒有了。

看這個婢女，就知道這些女子一定是妖，不是仙了。也可能是仙人借豬變成婢來戲弄讀書人也不一定。

註一：此段出自於「槐西雜志（四）」

079 書生自戲

董秋原說：東昌有一書生夜晚在郊外行走，忽然看見一棟華麗宏壯的宅院，心想這不是某人的墓嗎？為什麼會有這棟宅院呢？一定是狐魅所變出來的！再想到《聊齋志異》中的青鳳、鳳仙諸故事，心中也暗暗希望能遇到這等的好事，於是他躑躅慢行。

過了一會兒，有馬車從西邊而來，馬車裝飾的很華麗。一中年婦人揭開幃幔，指著書生說：「這個男子就很好了，可以帶他回來。」

書生看見車後坐著一個極年輕的女子，妙麗如天仙一般，大喜過望。等進了門，有二個婢女來邀進入屋內。書生既然認為他們是狐，於是也不問他們的姓氏，就隨著進去了。室內的擺設很美華鋪張，飲食也很豐美。書生心中快意浪漫，心神盪漾。

到夜晚時，鼓樂喧天，一個老翁掀起簾子進來說：「入贅的新婚已經到了。先生你是文士，一定知道婚禮的規矩和儀式，請你做儐相，是我們三生有幸，三族都有光彩好事呀！」

書生這時大大的失望了，原來就沒人來議論婚姻之事，現在當然也沒什麼可說的。只好吃了他們豐盛的酒筵，無法推辭的，為他們完成簡單的婚禮。不等喜宴完畢，他就不辭而歸了。

家人一晝夜都沒書生的音訊，四處去打聽。書生回來後，心中氣憤不平的說出他這天所遇的事情。聽到的人沒有不拍掌笑說：「不是狐來戲弄你，而是你戲弄自己啊！

註一：此段出自於「槐西雜志（三）」

080 死而無悔

河豚在天津最多，土人吃它像菜圃中的蔬菜一般，不是家家都會烹調，是會有吃死人的事的。

我的姨丈牛惕園先生說：有一個人酷愛吃河豚，後來中毒死了，死後託夢給妻子說：「祭祀我為何沒有河豚呀？」這真是死而無悔了。

我的父親姚安公說：「鄉里中有一人，剛可溫飽，後來以賭博敗家，臨終時對其妻小說：「一定要放賭博的賭具在棺材裡陪我。如果我沒有變成鬼，賭具與白骨都化作土，也沒什麼害處。如果我會變成鬼，在荒煙蔓草之中，沒有這個又如何消遣呢？」

開始大殮了，大家都說死了歸葬要以禮為之，這放賭博用具在棺中是不合禮的；所謂亂命不可從。他的兒子說：「難道沒聽說過侍奉死的人要和侍奉生的人一樣嗎？我不講究學理，各位請不要干預別人家的事。」於是從父命將賭博器具放在棺中了。

我的父親姚安公說：『這不是禮！卻是思孝無盡的呀！我最恨事事都遵照古禮，而漠視了思親的心意。』

註一：此段出自於「槐西雜志（四）」

081 地仙報恩

王史亭編修說：有一個崖姓書生，因罪遠戍廣東，害怕攜帶錢財會有意外，於是留給妻妾，獨身遠行到戍地。到戍地後，窮愁抑鬱，回想家中妻妾，更是徒增愁悶。偶然認識一老翁，自稱姓董，字無念。兩人言談頗投契。同情他流落在粵地，遂延請他為自己兒子的老師，相處的也很好。

一晚，兩人夜酌，月滿高樓，把酒倚欄。老翁笑說：「你是不是想到雲鬟玉臂的人呢？託給我！我早已為你安排好了，但不知到了沒有，所以先不告訴你，一個月後，會有消息。」

又過了半年，老翁突然要僮婢打掃另外的房舍，事情非常匆促。

不一會兒，三頂小轎到了，崖生的妻妾和一個小婢掀簾出來了。崖生奇怪驚喜的詢問她們，都說是得到夫君的信相迎而來，並囑咐隨某位官眷屬同來，很急迫不能久等，所以草草而來。家事都託給幾房兄弟代為治理。相約每年佃戶所繳的租米，每年都變賣成金子寄到這裡來。崖生又問婢女是那裡來的？妻妾說：是某官的小妾，正室不容她，我們就用很便宜的價錢在船上把她買來了。崖生至此對老翁感激涕零。從此全家團圓，再無故園之夢了。

過了數月，老翁對崖生說：「這個婢女雖是途中邂逅的，但是患難相隨，也算是有緣了，似乎也該讓她作你的妻妾，不要讓她無獨向隅了。」

又過了幾年，崖生遇到大赦可以回家了。他高興得晚上都睡不著。而妻妾和婢女都面色慘慘的好像要離別的樣子。崖生安慰她們說：「你們是依戀主人嗎？倘若我不死話，會有報答你們的一天的。」沒有人答腔，只是一起為崖生等理行裝。

等到崖生臨行之時，老翁備酒筵作餞行，並呼喚三個女人出來說：「今天要把事情說清楚了！」他對崖生拱手說：

「我本是地仙。在前世與你一同作官。死後，你百計設法想得到我的妻子，始終不忘。如今你離開家鄉妻妾，我想為你做這些事，但是山長路遠，二個弱女子，如何能呢？所以我召花妖，先到你家中半年，看你妻子的容貌及說話的樣子，摹擬得很像了，並且打探了你家的舊事，你不會懷疑。她們本是三姐妹，裝作你的妻妾，所以多增了一個婢女。她們都是幻相，你不必思念。等你回到家中面對舊人，仍然可以和這裡時一樣了。」

崖生請這三個女人和他一起回鄉。老翁說鬼神各有地界，可以暫時出來，但是不可以停留太久。三個女人和崖生握手道別，灑淚沾衣。一忽會兒，都不見了。崖生登船時仍遠遠看見三個女人在岸上招手，但是叫她們，她們卻不過來。

崖生回家後，妻子告訴他，家道日落，幸賴你每年都寄錢回來，才可活到今天。這也是老翁所做的呀！

假若凡是世界上離別的人，都遇得見這個老翁，就不會有牛郎織女的銀河之恨了。王史亭先生說：可信！既然粵東有地仙，他地也一定有地仙。董仙會此法術，其他的仙人也一定會，這個法術之所沒有人再遇到，主要是在前世中，沒有受到恩惠，所以不肯盡心竭力來施展吧！

註一：此段出自於「槐西雜志（四）」

082 離魂倩女

徐敬儒通判說：他的家鄉有一個富室，寵愛一個婢女。婢女對他也很傾心，向她的主人發誓不另嫁。富室的妻子非常嫉妒，但也沒什麼辦法。

正巧富室有事外出，妻子就密召人口販子，將婢女賣給別人。等到富室歸來，就說是盜竊家財逃走了。家裡的人都知道主婦做的這件事情是瞞不住的；就向人口販子偷偷的將婢女買出，藏在尼姑庵裡。婢女自從到人口販子家就兩眼直視不發一語。提起她站著她就站著。扶著她走，她就走。按著她臥下，她就臥著。平常就像木偶一樣，整天也不動。給她吃，她就吃。給她喝，她就喝。不給她，她也不要。帶她到尼姑庵裡仍是一樣。醫生以為她是氣憤以致痰迷住了。但是吃藥也沒效，這樣不生不死的有一個多月。

富室回來，果然與妻子大打出手，操刀相鬥，並且殺了一隻羊瀝血祭告神說：「發誓不跟她一起活了！」家人看到這種情況，知道是無法隱瞞了，就具實以告。富室急忙到尼姑庵中將婢女迎回。但是婢女仍癡呆如故。富室在她耳邊呼喚她的名字，才霍然如大夢初醒一般的醒來。

婢女自己說，剛到人口販子家時，心想這一定是主母的意思，主人一定不會這樣做的，所以自己就跑回來。害怕被主母看見，就藏匿在隱密的地方，等待主人回來，今天聽到主人呼喚，高興得出來了。並且還說家中某日見某人，某人某日作某事，每一件事都歷歷在目。才知道她是形體不在而魂魄卻回來了。如此推理，所謂離魂倩女也不過這樣了。

註一：此段出自於「槐西雜志（四）」

083 偶人幻化

凡是萬物太像人形了，年歲久了也能幻化。

族兄中涵說，他在施德做官時，有一個同為做官的人很愛好戲刻。他命工匠做一個女子，大小和真人一般，身體和隱微之處，也一一和人一樣。手足、眼睛和舌頭，都做了關結，能屈能伸可以運動。衣裙、簪珥可以更換。花費百兩金子，巧奪天工。常常把她放在書房的書桌旁邊，或讓她坐在床上、櫈子上，像真人一樣拿來玩笑逗人。

一天夜裡，童僕聽到書房裡有格格的聲音。當時書房門已上鎖了。挑破紙窗偷看，月光照在窗上。只有這個玩偶人在來回的行走著。童僕跑去告訴主人。主人自己看也相信了。將偶人焚毀，還發出嚶嚶喊痛的聲音呢！

我的先祖母說：舅祖蝶莊張公家，有數間空屋，做貯藏雜物用。婢女和婆子在夜間會看到院中有個女子，容貌姣好，但是下巴上有翹起來的鬍子，兩頰上也有刺蝟般的眉毛。她帶著四、五個小孩子在院中遊戲。小孩中有跛腳的、有瞎眼的、或是頭面破損的，還有沒有耳朵或鼻子的。若是有人出現，他們就倏然隱去了，不知道是什麼妖怪？也不害人，也不會出去，只在院中玩耍。要說這些人是因目眩看錯了，或是胡說八道，都弄不清楚。

後來整理這間屋子時，才發現破裂的虎邱泥孩有一床之多。其形狀就像婢女婆子所看見的一般。那個女人的鬍子，是兒童嬉戲時，以筆墨畫上去的呀！

註一：此段出自於「槐西雜志（四）」

084 蝴蝶仙

鄭慎人說：「一日，庭花盛開，聽見婢女驚相呼喚，推窗觀望，她們都以手指向桂樹杪。只見一隻大蝴蝶，如手掌背大，上面坐著一個穿紅衫的女子，只有姆指大。蝴蝶翩翩飛舞，一下子就過牆去了。鄰家的兒女，又驚相呼叫了起來。」這不知是什麼怪？難道是花月之妖嗎？

談此事時，是在劉景南家。劉景南說：「怎麼知道不會是女人閨閣的遊戲，用蓪草花作小人，縛在蝶背上，使牠飛舞呢？」

鄭慎人卻說：「真的是看見小人在蝶背上，有騰空駕馭的樣子。俯仰顧盼之間，非常的生動，一點不像偶人嘛！」

鄭慎人又說：「昔日與幾個朋友前往九鯉湖，住在仙遊山家。晚上夜涼沒睡，出門步月。忽然一道冷冷的清風吹來，穿過林梢，樹葉簌簌的掉落。夜棲的鳥類也驚飛而起。感覺到有種種花香，沁人心肺。出林後，沿著溪走，水鳥也是格格亂鳴，像是看見了什麼。然而自己凝目睇視，也沒看見什麼。心裡暗自明白是仙靈來往經過此地罷了！

第二天到林內巡視，微雨新晴，綠苔如絨。有許多腳印都是呈了彎弓狀。又有赤腳踏地的痕跡，但是腳印不到三寸，溪邊的泥跡也是相同的。數數有二十多人。我們在那裡指點徘徊，驚奇的嘆息著，不知道是什麼仙女啊？

註一：此段出自於「姑妄聽之（一）」

085 鬼有所託

李慶子說：書生朱立園在辛酉年北上作順天府應試。天晚了，經過羊城的北邊，因繞避泥濘之路、迂迴行走，迷了方向，夜晚無處可住宿。遠遠看見林子外有戶人家，就前往投宿。至宅前看見土牆瓦舍有六、七楹。一個童子前來應門，朱立園道出乞宿之意。一個衣冠樸雅的老翁出來請客人進入，但只到旁邊的房舍裡。

童子點上燈卻依然黯黯無光。老翁說：

「年歲歉收，沒有油，讓人發悶，但是又能怎麼樣呢？」

又說：「夜深了不能準備佳餚、村酒小飲一番，請勿見怪！」

朱立園問他：「家中有何人？」

老翁答：「孤苦零丁，只有老妻與僮婢同住而已。」

老翁問朱去那裡？朱告訴他要北上。

老翁說：「我有一封信和一點東西，想要送到京中，偏僻的地方沒有郵寄，今天遇到你真是幸運！」

朱立園問他：「四下沒有鄰居，獨居難道不害怕嗎？」

答說：「我們只有薄田數畝，教奴輩耕作而已，因陋就簡，貧無積蓄，所以不怕強盜。」

朱說：「可是曠野多鬼魅呀！」

老翁說：「鬼魅是沒看見的，你如此害怕，陪你坐到天亮好嗎？」

老翁於是向朱借紙筆寫信，又放了一些東西在信封裡，外面再用舊布密縫裹著。交給朱說：

「地址已寫在信上了，你到京城再拆開看就知道了。」

天亮時道了別，老翁又再三囑咐信物不要遺失了，最後才殷勤分手。

朱立園到了京城，打開裹著的布，裡面有一封信，上面題著：「朱立園先生啟」的字樣。打開一看，有金簪銀釧各一雙，其信中說：

「我老了沒有子息，誤聽婦人言，以婿為嗣子。到外孫這一輩，還隔一年來祭掃墓一次。後來被看做是外姓，紙錢麥飯，早就不給了，二尺孤墳也傾塌了。我在九泉之下，非常難過，百悔難追。謹以殉殮時的一點小東西，祈求你幫我賣了，在歸途時，以所賣的錢幫我修治墳塋。並且請你幫我稍為疏濬塚南面的水道，讓它不要再淹到我墳裡來。如果你能做到我所祈求的，一定結草來報。知道你怕鬼，我會在暗中叩頭，不敢現形給你看，讓你產生疑慮。亡人楊宁頓首。」

朱立園嚇得汗流夾背，這才知道遇鬼。還家時經過羊城，以所賣簪釧得來的錢，派遣僕人前往修那個墓。自己卻不敢再去了。

註一：此段出自於「姑妄聽之（四）」

086 轉念之間

莆田林生霈說：曾聽泉州有一個人在燈下，對著牆上的影子顧影玩弄。忽然覺得那個影子不像自己的影子了。仔細的看看，他把身體轉動反側，雖然影子也與他的動作一致，但是那個影子頭大得如同巨斗一般，毛髮蓬鬆得像羽毛乍起。手和腳都像鳥爪一樣彎鉤著。真像是一個奇怪的鬼呀！他心裡很害怕，叫妻子來看，所看到的也一樣是個鬼。從那天起，以後每晚都會出現相同的情形，也不知道是什麼原因，每天害怕恐怖得不知如何自處。

隔壁鄰居中作塾師的人聽到了說：「妖怪自己是不會來的，都是因為人才跑來作怪的。這個人心中私下裡有惡念，以致於羅剎感應到，才利用他來現形。」

這個人嚇了一跳很服氣的說：「我其實是和某人有積怨的。本想親手將他全家人都殺死，讓他沒有後人，然後我再去投奔鴨母（註一），但是今天我卻變成這樣了，難道是神來警告我嗎？暫且停止前面那個陰謀，看看你說的是否是靈驗？」

那一夜，鬼影真的不見了。這真是一念之間的轉移，禍福也立見了。

註一：康熙末，台灣朱一貴結黨反抗，朱一貴以養鴨為業，閩人皆呼為「鴨母」。

註二：此段出自於「姑且聽之（二）」

087 回疆奇事

庫爾喀喇烏蘇的臺軍李印，以前隨都司劉德在山中走，看見懸崖上的老松樹幹上，貫穿了一隻箭，不知道是什麼原因？

晚上住宿在郵舍裡時，李印說出以前曾到過那個地方，遠遠看見有一匹馬飛馳而來，疑是盜匪。於是他就伏在草叢中觀望。等那一騎馬漸漸靠近了，他看見一個似人非人的東西，坐在馬上，馬卻是野馬耶！李印心裡知道那個東西一定是妖怪，發了一箭就射中了，只聽到中箭的聲音，像是箭敲到鐘的聲音一般，那個妖怪就化成一道黑煙遁去了，野馬也驚嚇得逃跑了。今天箭在樹上，就知道那個妖怪是樹妖了。

都司劉德問他：「剛才看見時，你為何不講？」

李印說：「當時射它時，它並沒有看見我，它既然有靈，恐怕它聽到以後會報復，所以寧可緘默了。」

一日，塔爾巴哈台那邊，押冠滿答爾(註一)到了，上面命李印去接解囚犯。李印將他以鐵鈕穿過雙手，以鐵鍊從馬腹下橫鎖著他的雙腳，把他運回來。當時，冠滿答爾已經生病了，奄奄一息。給他吃，已嚥不下去，在馬上常常要掉下來，幸賴鐵鍊鎖著雙腳，才不墮地。這時真的是怕他死，卻不怕他逃了。

走到戈壁時，兩匹馬相並著一起走，冠滿答爾又要墮地了，李印舉手將他扶上去。突然冠滿答爾卻上身挺起，以手上鐵鈕痛擊李印，並將他打下馬去。旋即騎著馬奔向戈壁而去。戈壁的東北方連著科布多盆地，亙綿數百里，從來就沒有人跡，如此竟不能追他了，這時才知道他是裝病的。

當時參將岳濟被判得很重的罪，李印也戴上枷索。後來在伊犁，又再捕獲冠滿答爾。其經過是這樣的：只要是額魯特人來投降的，賞金都很豐厚，冠滿答爾貪賞金而跑出來，因此被擒。審訊時問，他為何還敢跑來這裡？

他答說：「因為我的罪很重，你們一定料想我不敢來！我就混在人群中進城來，你們一定不會懷疑到人群裡有我的！」

他所計畫的是很好，但是卻沒有想到他頭頂上的箭瘢露了破綻呀！以李印心思的巧密，也會失敗，而兵卒卻以僅僅的愚術，讓冠滿答爾涉險而乍敗。如此日日的鬥以心計，不知會有計窮的一天，縱然是再絞盡腦力來對付敵人，但仍是會有百密一疏的情況，這就是定理了。

註一：冠滿答爾即乾隆時命兆惠平定回疆，叛軍之首領。

註二：此段出自於「姑且聽之（三）」。

088 狐鬧

康熙癸巳年秋天，宋村廠的佃戶周甲，不能忍受其妻子的鞭打，夜晚趁其入寢時，逃去破廟中藏匿起來。天快亮時，鄰居去替他向妻子說好話乞憐。他的妻子發覺了，追到破廟中，把他抓出來，對著神像數落他的罪狀，並且喝叱他伏在地上鞭打他。

廟裡本來就有狐魅。在鞭打十餘下之後，周甲哀哀呼叫，突然許多狐仙高聲鼓譟說：「世上真有這麼不平的事呀！」

眾狐仙就把周甲搶到牆隅去，又把他的妻子衣服剝光，用她打人的鞭子來打她，打得皮破血流的。

突然狐仙們的妻子又不服的大聲鼓譟的說了：「男人就會幫男

人，他背著妻子跟別的女人相好，難道不該死嗎？」

狐婦們又把周甲的妻子搶救走了，放在牆角那裡，狐婦又開始執問責打周甲。就這樣兩邊搶來搶去、互相格鬥。男的一邊跟女的一邊互相爭來爭去，吵了很久。

守瓜田的人，以為有盜罪來搶劫，大聲呼救，並且鳴鳥銃來聲援，狐仙才散去，周甲和他的妻子精疲力竭，一蹶一跛的回家去了。

王德菴先是當時在那地方做事，看見周甲的妻子在歸途中，還喃喃的罵著。王先生說：「痛快呀！這些狐仙們可說是「禮失而求諸野」！狐婦們傷了同類，又是另外一個道理了。可是同室操戈總是不好的。這正是各分門戶，朋黨蹶起，朋黨興盛了，公理就會混淆不清。如此眾說紛云，是非就多。於是互相爭吵不休了。

089 刑天遺類

誠謀英勇公阿公（註一），偶然問起我，『刑天干戚』的遺事。我就舉出《山海經》告訴他。阿公說：「你不要講古代記載是荒唐的，這是真有的事！」

昔日科爾沁台吉，達爾瑪達都在漠北深山中打獵。看見一隻鹿帶著箭奔跑過去。他就拉開弓將牠射了，剛想去收取獵物，忽然有一騎馬飛奔而至，鞍上的人有身體卻沒有頭，兩眼在乳房上，他的嘴長在肚臍上，聲音啁哳發自肚臍，聽不懂說些什麼，但是看他的手勢指劃，似是說鹿是他射的，不應搶他的。旁邊一起從獵的騎士都嚇得紛紛躲避。

達爾瑪達都台吉素有膽識，也比劃說剛剛你並未射中，是我的箭射中了。應當把鹿剖開均分。那人會了意，也就同意了，竟然真的拿了半隻鹿走了。

這種人類不知是什麼部族？住在什麼地方，看他的樣子；豈不是像『刑天』一樣遺留下來的同類嗎？

天地之大，何所不有，讀書人不可拘限於丁點的見聞。《史記》上說《山海經》、《禹本紀》裡所有的怪物，我不敢相信會有，是因為書是寫在漢朝以前。《列子》說大禹治水行走時而見之，伯益知道了，而給妖怪取名，夷堅聽到了，就發誓要去捕捉那個妖怪。上面這種說法，是一定有用意的，後人難免牽強附會，又亂竄改它，所以往往是錯太久了，又加以秦漢時的地名，分開來看是可以的。道理上本是依照《天問》而寫的《山海經》，不應反過來引用《山海經》去注釋《天問》這本書，這豈不是太過分了嗎？

註一：誠謀英勇公文文成公之子襲封之爵位。

註二：此段出自於「灤陽續錄（一）」

090 攝魂使

趙鹿泉前輩說：孫虛舟先生沒考上功名的時候，在某家人做教職。剛好碰到主人的母親病危，當時童僕已將晚餐準備好了，因為有其他的事情還沒空去吃，晚餐就放在室內高几之上。

忽然有一個白衣人進入室內，孫先生正訝異錯愕之間，又有一個黑衣矮子進屋內巡視。孫先生就馬上進屋去看，看見這兩人正相對大嚼晚餐。孫先生厲聲喝斥他們，白衣人就逃走了。黑衣人因為孫先生擋著門出不去，藏匿在牆角。孫先生就坐在門外看其變化。

一會兒主人跟嗆跑出來說：「剛剛生病的人說了鬼話，說是冥間的使者拿了公文來拘魂。有一個被先生擋著出不來，恐怕會耽誤行程的時限，會讓死者獲罪。也不知此話是真是假，所以我出來看看！」

孫先生一聽，就移坐到他處去了，彷彿之間看見黑衣人狼狽的走了，而前面寢屋內哭聲沸騰了起來，知道要死的人已經走了。

孫先生一向是個篤實的君子，一生從未說過假話，此事一定是當真有的。只是陰間的律法非常嚴，神明都耳聰目明，而攝魂小卒還會掠奪病人家的酒食，那人世間的吏卒豈不更會？這怎可不嚴察呢？

註一：此段出自於「灤陽續錄（一）」

091 茅山道士

楊槐亭前輩說：鄉里中有做完官回鄉的這麼一個人，於是在家頤養，不管外面的事了，享受無官一身輕的樂趣，只有無嗣是他最大的煩憂。

晚年時他也得到一個兒子，非常珍惜。兒子忽然患痘，病況危急，聽聞勞山有一個道士，能知前世的事，親往請教。

道士笑著說：「令賢郎還有許多事未了，那能現在就死？」後來果然遇到良醫治好了。

後來這個兒子驕縱冶蕩，破敗其家，流離失所，到處寄食，過著像鬼一般的生活。鄉里的人感慨的說：「這個老翁無咎無譽，不應該有這樣的兒子才對！但是一介寒士，作縣令不過十年，而宦囊就增加數萬金，不能說是沒有致富之道的，可能是有我們不知道的事啊！」

楊槐亭又說：有一個人學了茅山的法術，能劾治鬼魅，常有奇驗。

有一家人為狐所作祟，請他去驅除。於是他收拾法器，立刻準備前去。這時，有一個以前就認識的老翁來見他說：

「我跟狐仙做朋友已經很久了。狐仙有急事託我來跟你說一說。狐仙並沒有得罪你，先生你也沒有得罪狐，你只不過是想得到他的錢幣而已，才幫他驅狐。狐仙聽說，在驅狐成功之後，那戶人家許諾給你二十四錠金子，現在我願意出高過這個十倍的價錢送給你，希望先生不要去驅狐。」說完就把金子放在桌上，這個人非常貪錢，當然就收受了。

第二天，這人就告訴來請驅狐的人家說：「我的法術只能治平凡的狐仙，昨天我召天將，檢查你們家的祟怪，發現是天狐，是不能制理的。」就把他推掉了。

這人得到賞金之後，沾沾自喜。又想到狐仙既然多金，他就可以用法術來取呀！於是召集四境的狐仙，脅迫要以雷斧火獄來整治他們。所納之賄款就愈來愈多了。

他強索的次數頻仍，狐仙不堪其擾，就共同商量偷其符印，最後他被狐仙附身，顛狂號叫，自己投於河中而亡。群狐將他所有的金子都拿走了，一兩也不留。這件事是他的徒弟私下裡洩露出來的，別人才知道他為什麼會一敗徒地。

註一：此段出自於「灤陽續錄（二）」

092 畫　松

狐能作詩的，在傳記上記載很多，卻不見善於繪畫的狐。

海陽老丈李硯亭說：「在順治、康熙年間，處士周璕，在楚豫之地遊玩。周璕以畫松聞名。有一天，他在書房的一面牆壁上畫畫，畫一棵松樹，松根從牆的西側角而起，盤繞飛矯、樹幹橫過壁北邊，樹枝掃過東壁的一、二尺之遠，坐在那裡就像在濃陰之中，有山風欲來之感。他自己很得意如此佳作，於是邀請畫社社友一同共賞，並買酒擺宴好不熱鬧。

大家站在壁下指點讚嘆著。忽然有一個社友，拍著掌笑倒了，眾社友一下子也都哄堂大笑！

原來，松下突然出現一幅秘戲圖，有一個大床，布幔圍著；床上有一男一女裸呈，流目送盼，媚態十足，旁邊站著的二名婢也裸立著，這些人的臉就是周璕和其妻及小婢的容貌。

群起譁然！大家都擁上前去看，畫上的人眉目逼真，雖然是童僕也能辨識出來他的面貌，大家莫不掩口而笑。

周璕非常氣憤，對著空中，指劃著罵：「妖狐！」

忽然屋檐上傳來大笑的聲音說：「先生你太不雅了！」

「以前聽說周處士會畫松，沒有親眼看過，昨天晚上去親睹妙跡，坐臥松下不忍離去，以致不能躲避你，可是我並沒有擲磚瓦丟你呀！你為什麼罵我罵得那麼毒呢？我心裡實在不平，所以對你玩笑這個小惡作劇。你若再不反省，乖戾如此，我要繪這個像在你家外牆上，讓外面的行人也好笑一場，你願意嗎？」

原來是周璕前一天晚上，在擺設招待客人的用具時，和僕人秉燭到書房去，突然有一個黑色的東西衝出門去，周處士知道是狐魅，曾經嚴厲的罵牠。

眾人為了慰解狐怨，請狐入座，並設一虛席在位上，可是看不見牠的形狀，但是聲音卻很琅琅清楚。行酒到他面前時一飲就盡，可是不吃菜，他說：「我不吃葷食已有四百餘年了呀！」只等到筵席快散時，狐對周璕說：「先生你太聰明了，所以氣傲凌物，這不是養德之道呀！也不是處世全身之道。今天的事，幸虧是遇見了我，倘若也遇見和你一樣是喜歡負氣的狐，就不僅僅是作這樣的惡作劇了呀！只有學問是可變化氣質的，你願意留意我的話嗎？」狐再三叮嚀鄭重道別。

周璕再回去看那牆壁上的畫，乾淨得一如洗過一般，什麼都沒有了。

第二天，畫室的東壁，突然出現設色桃花數枝，襯以青苔碧草，花不怎麼密，已有開的，半開的，有已落的，有未落的，有落未至地的，有隨風飛舞的。八、九片反側橫斜，像是正在飄動的，真是非筆墨所能畫出來這麼好的。上面題著二句詩。

詩曰：「芳草無行徑，空山正落花。」

未曾署名，知道是狐答謝昨晚的酒筵所作。後來周璕感嘆說：「一點都沒有筆墨的痕跡真好啊！我現在覺得自己的畫只不過是有心作態而已，還須要更加努力才是！」

註一：此段出自於「灤陽續錄（六）」

093 借屍還魂（二）

虞倚帆待詔說：有個張選人，帶著一妻一婢到京師，租屋住在海豐寺街。過了一年妻子病死了，又過了一年多，婢女也突然暴卒。剛要買棺治喪，婢女忽然像是有呼吸一樣，而且眼睛瞳仁轉動了起來，已經復甦了。她拉著張選人的手哭泣著說：「一別一年多，沒想到又相見了。」

選人非常驚駭錯愕。婢女又說：「你不要懷疑我說假話，我是你的妻子，只是借婢女的屍體再回生罷了。這個婢女雖然伺候你很週到，但是一直不願居於我之下，她找了妖尼用法術來魘我，我就病死了。魂魄被施法術的人放在瓶子當中，用符咒壓著，埋在尼庵的牆下。我在瓶中終日昏昏苦不堪言。剛好碰到尼庵的牆塌了，於是他們掘地重整，工人挖土時打破了瓶子，我才能出來。」

「迷迷茫茫中，我不知到那裡去？伽藍神指引我投訴城隍爺。而被施以法術的魂魄，都有邪神為他們的土地社神，輾轉幾次，官司都打不成。最後告到東獄判官那裡，才把施法術的人逮捕起來治罪，拘捕到婢女送到泥犁的牢獄中。我的壽命還長。但是屍體已壞了，所以上天判我借婢女的屍體再活下去。」

閻家聽了真是又悲又喜，就用家中主母之禮事奉她。

被指幫人作魘鬼的尼姑，則對別人說：是張選人自己要以婢代妻，所以叫她詐死片刻，製造這些話出來騙人，陷害她入重罪孽，氣勢凶凶要打官司，但是事情也沒有證據。也害怕妖鬼來找她麻煩，後來也不敢再說了。

然而虞倚帆卻常常私下問他們家的僮僕，這事是不是真的？僮僕都說：「這個婦人再回生了以後，她敘述以前的事情，沒有一點有差錯。她說話的語調聲音知和走路的樣子，也與以前的主母一模一樣。還有婢女不會女紅，主母善於刺繡，以前所做的鞋子沒做完的，現在將它完成時，像是同一個人做出來的一樣，真是奇了！

註一：此段出自於「姑妄聽之（一）」

094 救牛

我的父親姚安公說：在雍正初年，李家窪的佃戶董某，父親死了，留下一頭又老又跛的牛，想把牠賣給屠宰場。牛就逃到他父親的墓前面，伏在地上僵臥不起。不管是鞭打重箠，都拉不起來。牛只是搖著尾巴，長聲的鳴叫著。村裡的人聽見這件事，都跑來看熱鬧。

忽然鄰人姓劉的老頭很氣憤的走過來了，用手杖擊打牛身說：「他的父親掉到河裡去，跟你何干呢？讓他隨波漂流變成魚鱉的食物，豈不更好？是你無故多事，把他父親救出來，又多活了十多年，以致於讓他奉養。病的時候要醫藥，死了又要棺斂，並且留下這一座墳，每年都需要祭掃，成為董氏子孫無窮的累贅！你的罪真是太大了呀！就死是你的本份！別人又能怎麼辦呢？」

原來董某的父親以前墮落在深水中，牛隨之跳入，牽著牠的尾巴而得以上岸活命。董某最初不知道這件事，現在聽到了，心中非常慚愧，自己打自己耳光說：「我不是人！」馬上帶著牛回去了，數個月之後牛病死了，董某哭泣著埋了牠。

這個老頭有一些滑稽的風格，與東方朔就漢武弟乳母的事蹟類似。

註二：此段出自於「如是我聞（一）」

095 白毛僵屍

做醫師的胡宮山，不知道是何許人，或說他本是姓金，其實是吳三桂的間諜。吳三桂敗了以後，就改名換姓，事情沒法子證實，也就沒法弄清楚了。在我六、七歲時還見過他，年紀已有八十多歲了，其行動輕捷像猿猴一般，武功絕倫。

以前胡宮山坐船，夜間遇盜罪，他手無寸鐵，只有用一煙筒，揮打如風，七、八個人都在打中鼻孔趴下了。

但是胡宮山最怕鬼，一生都不敢獨睡，他說在少年的時候，有一次遇到一個僵屍，他揮拳打它，像打在木頭、石頭上一般，幾次差點被捉住，幸虧爬上高樹的樹頂；僵屍繞著樹一直跳，到天亮時他還抱著樹一動也不敢動，直到有響著鈴鐺的馱負的馬隊經過，才敢往下看。哇！白毛遍體，眼睛紅得像丹砂一般，手指像鳥一樣彎曲有鉤。牙齒像利刃一般露在唇外，恐怖得差點讓人失了魂。

胡宮山又說他以前住在山店中，夜裡忽然覺得被子裡有蠕動的感覺，懷疑有蛇鼠之類的東西。突然像樹枝一樣撐起來，愈來愈大，並且突出來和他一起並枕而眠，原來是一個裸婦人，她雙臂抱住他，像是用很粗的繩子綑著他一樣，並對著他接吻噓氣，立刻血腥的臭氣貫滿他的鼻中，噁心之極！不知不覺中他暈過去。第二天被灌救才甦醒過來。以後驚嚇膽裂了，每天從黃昏開始，聽到風聲看到月影，都害怕會有腳步聲……

註一：此段出自於『如是我聞（三）』

096 神詩玄機

東光霍易書先生，在雍正甲辰年由鄉舉薦，留在京師中準備考試，還沒有什麼成就。於是到呂仙祀祈夢，夢見神以詩來告示他。詩云：「六瓣梅花插滿頭，誰人肯向死前休，君看矯矯雲中鶴，飛上三台閱九秋。」到雍正五年，朝廷初定帽頂制度，有銅盤六瓣如梅花的式樣，才悟出首句的意思。又暗自以為仙鶴為一品服，三台為宰相的高位。第一句應驗了末二句也必會應驗，他這麼想著。

後來，霍易書先生，由中書舍人官至奉天府尹，後又受遣被謫軍臺，那個地方叫做葵蘇圖，實在是第三台，官府文件常作省筆都寫臺為台，剛好合於詩上所說。果然九年才回來，在塞外的日子中，他自稱別號為雲中鶴，用詩中的言詞吧！

後來，我父親姚安公說：「霍為雲字頭，下為鶴字之半，正應了他的姓，並不是詩上隨便說的。」

霍先生感嘆的說：「怎麼不是呢？早年年青氣盛，急於進取，自以為馬上可做到卿相的職位，等到官運顛頹了才知道職務不是那麼容易得到的。第二句詩句實在是神在告誡我呀！可惜當時沒想到這一點。」

註二：此段出自於「灤陽消夏錄（六）」

097 驢怪

我的次女嫁到給長山袁氏家，所居住的地方叫做焦家橋。今年女兒歸寧時對我說：「距他們家所住的地方二、三里遠，有一戶農家的女兒歸寧時，她的父親送她回夫家，中途經過一個墓林，女兒跑到樹林中，很久才出來，父親覺得她的樣子有些奇怪，說話的聲音也有些不同，心裡有些懷疑，但也沒說什麼。

女兒回到夫家，她的丈夫對自己的父母說：「新媳婦跟我一直很好，但是今天看到她，我心裡有些害怕，不知是為什麼呢？」他的父母吆喝他說：「胡說！」強迫他回去睡覺，他們新人的房間和父母的房間只有一牆之隔。夜裡突然聽到霹靂叭啦的聲音，父母驚嚇起身在鄰房靜聽。一會兒聽見兒子哭號起來，家裡眾人就破門而入，只看見有一個東西像黑驢一樣的衝了出去，立刻火光爆射，一跳出去就不見了。再看他的兒子，只剩下一點殘血而已。

天亮時，去找媳婦，也找不到，大家懷疑早已被妖怪吃掉了。

此件事與太平廣記中所記載的羅剎鬼的故事完全相同，由此可知佛典上記載的不全是假的，小說稗史也不是全部虛構的。

註一：此段出自於「灤陽消夏錄（六）」

098 狐與佛子

明經張晴嵐說：「有一個寺廟中的藏經閣上有狐居住。僧人都住在閣下，也不上去。」

有一天，天很熱，有一個打包僧厭惡吵雜的聲音，徑自搬了椅子到閣上去坐。諸僧人忽然聽到樑上狐仙說話了，他說：「大家都回房去吧！我的眷屬有不少人，要移到閣下去住。」

眾僧問：「久居閣上，為什麼忽然又要住閣下了呢？」

狐說：「有一個和尚在那裡。」

眾僧說：「你原來躲避和尚呀！」

狐說：「和尚是佛子呀！怎麼敢不避呢？」

眾僧問：「難道我們就不是和尚了嗎？」

狐仙不答：眾僧一定要問他：

狐無奈說：「你們自以為是和尚，我又有什麼可說的！」

我的兄長懋園先生聽此故事以後說：「這個狐仙是非黑白太清楚了，但是可讓三教中的人各發深省呀！」

註一：此段出自於「灤陽消夏錄（三）」

099 紅榴娃

烏魯木齊的地方，在深山中牧馬的人，常會看見有高約一尺多的小人兒，男女老幼都有。在紅榴樹吐花的時節裡，常常折榴枝圈盤成花冠帶在頭上，排成一列隊伍，跳躍舞蹈著。他們的聲音像歌曲般的呦呦咿咿，有時到牧馬人的帳幕中偷東西吃。要是被人捉住了，就跪在地下哭泣，綑著他，就不吃而死。要放走他，起初他不敢走，走了數尺遠，還回頭看，要是再追他喝斥他，他又跑著哭了。離人稍遠就不能追了，立刻就跳過水澗，越過山崖不見了。

這小人兒的巢穴棲止之處，始終都找不到。這種小人既非木魅也不是山魈，是一種奇怪的種類，不知道叫什麼名字？因為形狀像小孩子，又喜歡戴紅柳，所以我們稱他「紅榴娃」。

邶縣承天錦，在巡視牧廠的途中，曾捉到一個帶回來。細看他的鬢眉毛髮與真人沒有兩樣。因此知道《山海經》上所謂的錚人，也應真的有啊！有極小的，必定有極大的，《列子》上所說的『龍伯之國』，也必定是真的有了。

註一：此段出自於「灤陽消夏錄（三）」

100

烏魯木齊

烏魯木齊自回語翻譯過來是好圍場的意思。我在那裡作官時，有一個筆帖式（作文書）名字就叫做烏魯木齊。算他命名之日，應該是清朝平定西域的前二十多年。他自己說：「在他初生之時，他父親夢到祖父告訴他：「你所生的兒子，應當命名烏魯木齊！」並寫畫這四個字給他父親看，他父親並不認識這是什麼語言。然而夢得很真切，所以就姑且給兒子以這個名字，不料現在那個地方真的也叫烏魯木齊了。後來這個人升到印房主事的小官，果然也死在官任上；他自入伍到死，始終沒有離開過烏魯木齊，萬事都是前生定的。

烏魯木齊曾經說：有一個小廝叫巴拉。從前打仗時遇到賊兵，他奮力作戰，後來有流箭貫穿左頰，箭鏃從右耳後出來，他猶奮力砍一賊，跟賊一起倒下死了。

有一天，烏魯木齊，有事到孤穆第去，夢見巴拉拜見他，巴拉身著衣冠很整齊，樣子不像以前做雜役時的樣子了。在夢中烏魯木齊忘了他已死，於是和他說話，問巴拉一向在何處？今天要去那裡？

巴拉說：「因受差遣經過此地，偶然遇到主人你，順便看看想念很久的你呀！」

問他怎麼會作官了呢？

巴拉說：「忠孝節義是上帝所重視的。凡是為國捐軀的，雖然下至僕隸，生前只要沒有過失，陰間都會給他一官半職。有罪惡的，也要消除前罪，然後向人道轉生，我現在做博克達山神的部將，其官秩如同驍騎校這個官的大小。」

問他要去那裡？巴拉說：「昌吉。」問他何事？巴拉說：「有公文，我不知道。」

烏魯木齊霍然而醒，那巴拉的話語好像還在耳邊一樣。當時是戊子年六月，到八月十六日就有昌吉之變。鬼不願洩露天機吧！

註一：此段出自於「灤陽消夏錄（三）」

101 狐道大戰

有一位書生和一女狐很親密，初相識時，女狐送給書生一個二吋大的葫蘆，讓他佩掛在衣帶上，而女狐自己藏入葫蘆之中。書生想跟女狐說話時，便把葫蘆的蓋子拔開，則女狐會婉約現身，事後，女狐又會藏入葫蘆而蓋上蓋子。

一天，書生在市集中，葫蘆竟被小偷剪斷衣帶偷走了，從此便聽不到女狐的聲音。書生心裡很稠悵。又一日，偶然在郊外散步，想消除心中鬱悶，聽見草叢中有呼叫自己的聲音，其聲音就是女狐的聲音，就上前跟她講話。女狐隱匿其身影，不肯出現。她說：『我形貌又變了，不能和你再相見了！』書生心生奇怪，問其故。女狐哭著說：『做狐仙的通常要向生人採陽補氣，練就自己的形體，這是做狐仙的常理之事。最近，不知從何處來了一個道士，在搜捕我們狐輩，他也要用之採補精華來增加他的功力。若補得一狐，就用神咒來禁制牠，於是狐會變成如木偶般僵硬，而聽其差遣。或者有道力高強的道士，則吸狐之精氣，又將狐蒸為肉脯吃掉。我進入葫蘆之中，就是要躲避此劫難的。想不到仍被他們找到了帶回去。我怕被火煮吃掉，已把自己多年修行的仙丹獻給道士，所幸能苟且殘喘。但是失去仙丹以後，我就回復狐狸原形，以後要練幻成形，還須二、三百年，才能變化而成。天荒地老時間久遠，後會無期。因感念舊恩，故呼喚你來訣別，希望你以後自己努力向上，也不用再想我了。』

書生憤憤地說：『為何不向上界天神去控訴呢？』

女狐說：『要向神去抱怨的人可多了！天神都以為很多人會違悖這，違悖那的，這些是自作自受之不是。會殺人的、與被人殺，是相互有瓜葛牽連，也不會理會。所以說，以百計來巧取豪奪的人，也剛好成為自己戕害自己的惡果。從現在開始，我將專心修煉做吐納，不再用狐術騙人了。』

此事是在乾隆丁巳或戊午年間的事。胡厚庵先生曾見到過此書生。又過了數年，聽聞山東有一道士被雷擊，可能就是此道士對妖狐掠殺過度，又遭天遣了！可說是螳螂捕蟬，黃雀在後，挾彈弓的人又在其後，一物降一物吧！

雍正初年，有一個很會畫符籙的道士，喜愛林泉生活，常到西山的深山處去走走。並打算在那裡結草菴，靜靜修行。當地土人說那個地方是鬼魅的巢穴。土人要去伐木採集柴薪，一定要結隊成行才敢去。甚至野狼、老虎也無法在那裡居留。請道士要多考慮一下，但道士不聽，就真的在那裡蓋了草菴。於是每天會突然有許多鬼魅一起作怪，有的偷其建屋材料，或在工匠睡覺時魘身，使其動彈不得。或毀壞器具物品，或弄髒道士的飲水食物。使道士的生活像走在荊棘之中，步步都有阻礙。有時又有野火，到處燃燒，大風吹起樹葉亂飛狂作，即便有千手千眼，也應接不暇，難以應付。道士發怒了，於是升壇召雷神兵將，當雷神降臨時，則妖魅已先逃跑，大肆搜索山裡，也找不到妖魅的蹤跡。當雷神離開後過幾日，妖魅又來搗蛋，就這樣好幾次來來回回。雷神煩了，道士再請，也不回應了。於是只好自己用一手結大手印，一手持劍，獨自與鬼魅作戰。不想，道士竟被妖魅所抓，並拔其鬍鬚，打傷其面容，還將道士光著身子倒吊在樹上。幸遇有樵夫上山打柴，才與解救。道士於是狼狽逃下山去。這個故事告誡我們，道士不知敵寡我眾之形勢，不自量而要挫其鋒利，自然會嚐敗績了！

註一：此段出自於『槐西雜志四』

102 張幾嫂

有姓張的和姓瞿的兩個人，自幼就是同學，交情也一直很相好。成年後，有一回，瞿姓書生和別人打官司訴訟，而張姓書生則接受他人和錢財委託，私下陰謀來打探瞿姓書生的官司情報，再洩露給瞿姓書生的敵人。因此使瞿性書生敗訴而大受窘辱，有刺骨之痛。但是又找不到證據來質問，於是表面仍與張姓書生未斷絕，仍相往來。

有一天，突然張姓書生死了，瞿姓書生就千方百計的娶到張姓書生的妻子為妻。雖然婚禮事事都重視禮儀，但家裡的人，都稱呼新娶之婦人為『張幾嫂』。此婦人態度很樸質鄉愿，以為別人是相憐惜，或戲稱，也不計較。有一天，瞿姓書生與新婦一起用餐時，突然跳起來叫著自己的名字，其聲音卻是張姓書生的聲音說道：『瞿某某你實在太過份了，我雖然對不起你，但我的妻子嫁給你，就算賠償你了，你仍必須稱呼嫂子。為什麼呢？女人再嫁是常有之事。男人娶再嫁婦也是常有之事。我已死，不能禁止妻子改嫁，也不能禁止你再娶。我已不重朋友之義，不能再責怪你娶朋友之妻。今天你不以此婦為你妻子，仍然讓她姓我的姓，而稱呼她為嫂，是你並不是娶我的妻子，乃是淫穢我的妻子呀！既是淫穢我的妻子，我就能誅殺他。』此後，瞿姓書生竟發顛狂之病，數日後死去。

由這個故事看來，凡是以剛直報怨，或一報還一報，聖人之道是不禁止的。張姓書生，固然是小人之心的做法，但並不是不共戴天的大仇。瞿姓書生用計娶其妻，報仇就太超過了。

註一：此段出自於『槐西雜志四』

103 請鬼探榜

有一位韓姓書生，在山中讀書。其窗外為懸崖，崖下為深澗，非常陡峭。兩岸雖看起來相近，但可遠望而無法過去。每當月色明亮之夜晚，常看見對岸有人影晃動。雖感覺那是鬼，而想鬼應該是過不來，因此也不太怕。久而久之就看慣了。韓姓書生試著呼喊與之對話，對方也會回答。對方自稱是墮澗鬼，在此等待替身。韓姓書生開玩笑將剩餘的酒灑向深澗，鬼就下澗去飲了，也表示非常感謝。從此書生和鬼就成為可交談之朋友。在讀書之餘，頗能消遣寂寞。

一天，書生問鬼：『有人說鬼能預知事情。我今年要考舉試，你知不知道我考不考得上？』鬼說：『神仙不查仙籍，也不能預先知道事情，何況是鬼！但是鬼能以陽氣的盛衰而知道人的年運。以人頭上神光之明暗，而知人是否正直！如果講到祿命官運，要由陰間冥官當執之鬼，或是在旁窺視竊聽才能知道。如果是城市之鬼，由輾轉相傳而聽到。山野之鬼就沒法聽到了。在城市之中，也必須是聰明靈俐之鬼才可聽到，笨鬼就不能聽到了。就像你靜坐山中，不知道官府之事，更何況是朝廷的機密之事呢？』

一天晚上，書生聽見深澗那邊有呼聲傳來說：『送喜訊給你！剛剛城隍爺巡山與土地公談話，好像說今科的解元是你呀！書生心中暗喜，並賀喜自己。到發榜日，解元是韓作霖。只是和韓生同姓而已。韓姓書生嘆息說：『鄉下人傳言官府裡的事，果然是道聽塗說呀！』

註一：此段出自於『槐西雜志四』

104 鬼賭詩

有一個老儒在荒野寺廟中授徒，寺廟外有很多荒廢的塚墓，在夜間常可見到鬼，有時會聽到鬼說話。老儒膽大不害怕。其書僮也習慣了也不怕。

一天夜晚，隔牆傳來話語：『做鄰居也很久了，知道先生不害怕，常聽到您吟咏詩詞，書案上有溫庭筠的詩集，請您寫錄集中達摩支曲一首，將其焚燒掉。』接著又小聲說：『可否將末句「鄴城風雨連天草」一句中，將「連」寫為「粘」字，則感激至極。大家都在爭賭一個字，賭一些小酒食而已。』老儒剛好有溫庭筠的詩集，就把詩集投向牆外。約一頓飯的時間，忽然樹葉亂飛，風旋狂飆，捲起泥沙灑向窗戶，像下雨一般。老儒笑罵道：『你們不要做難看的事喲！我想得很透徹了！你們兩方相爭、相賭，其中必有一方會敗。而敗的人又會怨恨，這是事情的常理。倘若因為我改了「粘」字則是我的錯。倘若因書本與你的不同而招到怨恨，則我是理直的。我聽到你們在狡猾的爭鬥，我是無愧的！」老儒說完，風也停止了。友人褚鶴汀聽到此故事說：『究竟是讀書鬼呀！所以雖然想求勝，但能為不合理而負屈。然而老儒若不丟此詩集給他們，豈不更好？』另一友人王穀原說：『你說的是世間法則，老儒如果瞭解世間法則，就不會做老儒了！』

註一：此段出自於『姑妄聽之（三）』

105 虎倀惡

有一位樵夫在山崗上伐木，有些疲乏了，小憩一會兒。遠遠看見有一人拿著數套衣服，沿著路而丟棄，不瞭解為何如此？注意看，這個人走路很快，不是普通人能跟得上的。又走起路來，經過難走的路像走在平坦的路上一樣。其人的面貌也暗淡不像人樣。於是懷疑它是妖魅。樵夫爬上高樹去看，那個人已看不見了。再由其丟棄衣服的路徑追過去，宛轉到山幻處，看見一隻老虎伏臥在那裡。樵夫知道其實那個人為假裝人的倀鬼。那些衣服即是老虎所吃掉之人的遺留衣物。於是急忙丟棄柴火，自山崗後逃遁了。第二天，聽說某村有某人，在那地方被老虎所食。那條路本來並非人所常走的必經之路，知道是虎以衣服為餌，引導人走到那條路上去。人常以餌來誘物。現今也有倀怪以物作餌來誘人，豈不是人不聰明了？然而此事一傳開，獵戶就循著丟衣的路線，而找到老虎的洞窟，用槍銃一起擊斃，有三隻老虎之多。雖然老虎知道倀鬼幫助自己，而倀鬼亦會害虎亡，這是老虎不知道的事吧！

註一：此段出於『姑妄聽之三』

106 喜學仙

有一位廣東大商人喜學神仙事，招納方士數十人，所費不貲，亦時有小靈驗，因此愈加的相信了。

一天，有一位道士來訪，雖穿著破衣戴著破笠，卻如孤松獨鶴，神貌落落大方。商人與道士談話，意境微妙，多出乎想像。再試其法式，既會驅動鬼神，又會召風喚雨，還會變戲法。如鱸魚、菌菇，吳地所產的橙，閩省所產之荔枝，如囊中取物。又有叫玉女歌舞，像叫僕婢一般。拿著他所做的符籙，十洲三島，可以夢遊以到。又能變出玉米粒般大小之丹丸。能點化瓦石為黃金，經過火燒而不壞。此商人大加信服，在場的諸方士也稽首稱其為聖師，都願拜師為弟子求其傳道。道士說：『改天設壇，會一一傳授給你們。』

到傳授的那一天，道士登上座位，眾人拜完，道士問：『你們要求什麼？』眾人說：『要求仙。』『要求仙為何求我？』眾人說：『這種靈異的法術，不是真神仙是做不出的！』道士停了很久才說：

『此法術不是道。道是自然的氣，與元氣同為一氣。並不是前面所做之種種之事呀！因為三教之真義已失去很久了。儒家的本質是明本體而致用，不是用來只背誦文章的。也不是只用來談天說性情的。佛教的本旨，是在無生無滅，不是只重布施供養僧侶的。也不是只顧記得一些語錄、做一些聰明機鋒的。道教的本旨是要修煉清淨沖虛的境界而已，也不是重視咒語、符籙的，或是做練丹、服飾之事。你們所看見的，就都只是表面文章，都是只有咒語、符籙之事，這些事和道教都隔得很遠，更何況是長生之事呢？今天我所顯示可做的種種法術，而告訴你們有那些種種不可做的，你們有幾個人知道回頭呢？我要疾聲道家之做偽事，要一一正視聽。』

此道士指著諸方士說：

『你做禁食，是偷藏穀丸。你會預知人事，是用桃木偶人做假。你會燒煉丹藥，是房中藥的一種。你會點金術是用銀部法。你會進入冥想，是用茉莉根的結果。你會招仙人，是控制厲鬼假裝的。你會回魂，是趨役狐魅所致。你會搬運大法，是用五鬼術做成的。你會避兵器，是穿了鐵布衫之故。你會飛躍法，是用鹿盧高蹺做成的。雖然你們都稱為『道流』，實際都是妖人，不快快解散，雷神就會來霹你們了！』

道士欲站起來走，眾人牽他的衣服而扣頭說：『在下已沈迷，已知罪，幸而碰到仙駕您，這也是有前緣吧！你能忍心丟下我們嗎？』

道士又坐下，看著廣東商人說：『你曾看到在歌舞中有一人揮手飛昇起來的人嗎？』又看著那些方士說：『你們曾聽說過有炫耀自己的法術而賺錢財的人中，會有一人可羽化成仙的嗎？做一個修道的人，必須謝絕所有的外緣，堅持一念，心如死寂，而後可不死。仙有仙骨，亦有仙緣。必積功累德，而後列名仙籍。』接著道士又要了一大張紙，上寫十六字：『內絕世緣，外積陰隲，無怪無奇，是真秘密。』寫完再投筆於書案上，發出霹靂的聲響，道士已不見了。

註一：此段出自於『姑妄聽之三』

國家圖書館出版品預行編目資料

閱微草堂筆記——精選故事集（白話文）
／紀曉嵐原著．袁光明編著，--臺北
市：金星出版：紅螞蟻總經銷，2010年
[民99年] 第1版　2020年3月修訂1版
面；　公分--（金星古典情趣叢書．
ISBN:978-986-6441-52-3　(平裝)

857.27　109001690

閱微草堂筆記—精選故事集（修訂一版）

作　　者：紀曉嵐原著．袁光明編著
發 行 人：袁光明
社　　長：袁靜石
編　　輯：王璟琪
總 經 理：袁玉成
出 版 者：金星出版社
社　　址：台北市南京東路三段201號3樓
電　　話：886-2-25630620．886-2-23626655
傳　　真：886-2-23652425
郵政劃撥：18912942金星出版社帳戶
總 經 銷：紅螞蟻圖書有限公司
地　　址：台北市內湖區舊宗路二段121巷19號
電　　話：(02)27953656(代表號)
網　　址：www.venusco555.com.
E-mail　：venusco555@163.com.
fatevenus@yahoo.com.tw

版　　次：2010年1月第1版　　2022年7月加印
登 記 證：行政院新聞局局版北市業字第653號
法律顧問：郭啟疆律師
定　　價：350元

行政院新聞局局版北字業字第 653 號
(本書遇有缺頁、破損倒裝請寄回更換)

ISBN：978-986-6441-52-3　（平裝）